세
월
소
리

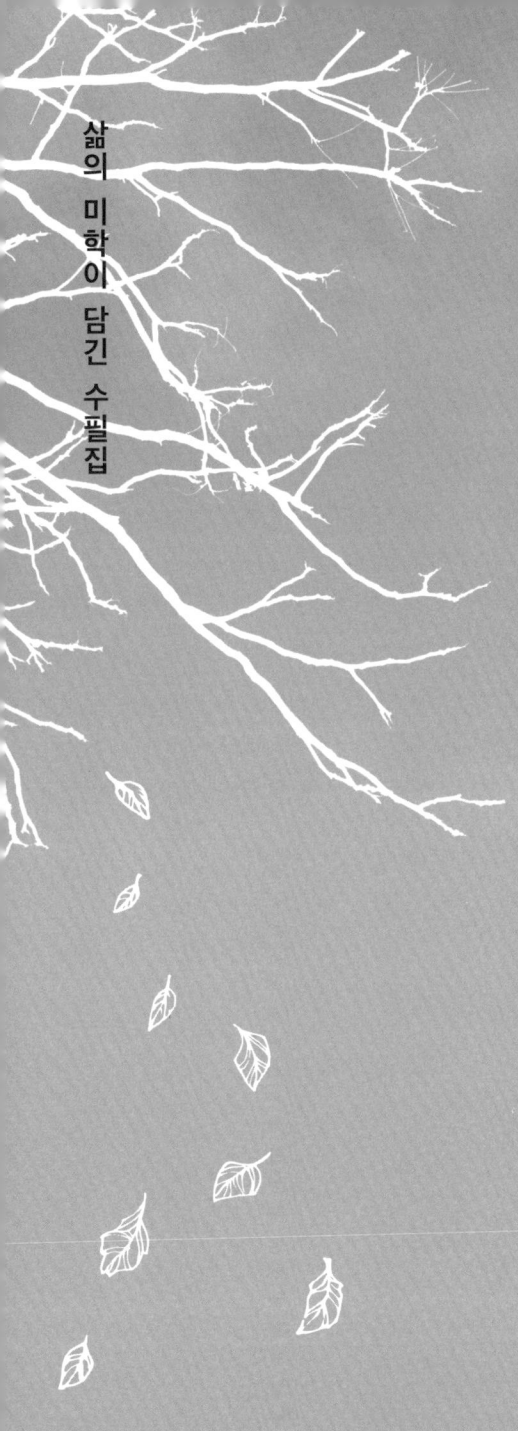

삶의 미학이 담긴 수필집

세월소리

이 강 지음

좋은땅

머리말

필자가 세상에 나오고 나서 지구가 태양의 주위를 57과 1/4 바퀴를 도는 동안 직접 보고 듣고 느낀 것을 토대로 짬짬이 집필 끝에 드디어 탈고가 되었습니다.

이 책을 읽는 분들에게 조금이나마 즐거움이나 공감을 드리는 동시에 인생을 살아나가는 데 도움이 되었으면 하는 게 필자의 아주 작은 소망이며, 당신의 삶이 많이 힘드셨음에도 불구하고, 자나 깨나 따스한 정과 사랑, 헌신으로 돌봐 주셔서 이 책이 탄생하는 데 절대적인 도움을 주신 필자의 어머니 황화자 여사님께 무한한 존경과 감사를 드립니다.

목차

소와 낙지

예부터 '지쳐 쓰러진 소에 낙지를 먹이면 소가 벌떡 일어난다.'
는 말이 있는데, 이는 낙지의 효능이 그만큼 좋다는 것이리라. 한
데 한편으로는, '초식동물인 소가 멋모르고(?) 낙지를 입에 넣었을
때, 낙지의 빨판들이 혀나 입속, 목구멍, 식도, 위장 등에 딱 달라
붙어 소가 놀라서 벌떡 일어나는 것은 아닌가?' 하는 생각이 든다.

세월소리

물이나 바람은 천천히 지나갈 때는 소리가 안 나거나 굉장히
작다가 빨리 지나갈 때는 소리가 점점 커져 그 흐름을 알 수 있지
만, 흐르는 세월은 소리가 나지 않아 그럴 수 없다. 그래서 세월
도 흐를 때 얼마나 빨리 지나가는지 느낄 수 있게 물이나 바람처
럼 소리가 난다면 얼마나 좋을까 하는 실현 불가능한 상상을 해
본다.

감가상각

'감가상각'이라는 단어를 검색하면 '토지를 제외한 고정 자산에 생기는 가치의 소모를 셈하는 회계상의 절차'라고 나온다. 즉, 무생물에 대한 것이지만, 이 개념을 사람에게 적용해 보면, 인간(모든 동물 포함)이 나이가 들어갈수록 기억력과 감각, 근육, 신체 능력 등이 떨어지는 이유는 바로 감가상각 때문이리라.

눈을 감아도 눈은 보고 있다

우리가 눈을 감아버리면 아무것도 못 보는 것 같지만, 실제로는 그래도 우리의 눈은 계속 작동하고 있으며 눈꺼풀 속을 통해 무언가를 들여다보는 중이다. 눈을 감고 전등 쪽을 쳐다보면 노란색과 살구색 사이의 색상이 보이고, 눈을 감아도 빛이 있는 곳에서 물체가 움직이면 그림자가 지는 걸 볼 수가 있다. 또한, '눈앞 날파리'로 불리는 '비문증'이 있는 분들은(나도 일부 그런 증상이 있다) 눈을 감은 상태에서 조금이라도 밝은 곳을 쳐다보면 그 점들이나 거미줄 같은 것이 눈동자를 따라다니는 것을 볼 수 있고, 역시 눈을 감은 상태에서 눈꺼풀에 힘을 세게 주었다 풀었다를 반복하면 우리의 눈동자가 눈꺼풀에 비추는 모습을 볼 수 있으며, 깜깜한 곳에 오래 있다가 갑자기 불을 켜거나 밝은 곳으로 나오면 눈을 감아도 눈이 부셔서 손이나 수건 등 무언가로 눈을 가려 주어야 시력의 훼손을 막을 수 있다. 즉, 우리의 눈은 완전히 잠이 들어 뇌가 휴식할 때가 돼야 비로소 작동을 멈추는 것이다. 참으로 신기한 일이 아닐 수 없다.

제일 싫어하는 것?

학창 시절을 돌이켜 보면, 학년이 바뀐 첫날 거의 모든 담임선생님들이 순서는 다르지만 다음과 같이 말씀하셨다. "내가 제일 싫어하는 건 거짓말을 하는 놈들이니, 절대로 거짓말을 하지 않도록 해라." 며칠 뒤 선생님이 한 친구에게, "내가 제일 싫어하는 게 거짓말이라고 했지? 솔직하게 말하면 용서받을 수도 있는데 왜 거짓말을 해?"라고 하시며 몽둥이로 때리셨다. 그로부터 며칠 뒤, 다른 친구가 지각을 하자 담임선생님은 그 친구의 머리를 쥐어박으며, "내가 제일 싫어하는 건 지각하는 놈이다. 알았나?"라고 하셨다. 얼마 지나서 급우들끼리 싸우다가 담임선생님에게 걸리자, 선생님께서는 두 친구를 크게 나무라며 "내가 제일 싫어하는 건 친구들끼리 싸우는 놈들이다. 알겠나?"라고 하시는 것이었다. 의아했다. 우리 담임선생님이 제일 싫어하는 건 도대체 어떤 것인지…

다음 이 시간에?

TV를 보다 보면 아직도 어떤 프로그램이 끝날 때쯤, '다음 이 시간에'라는 자막을 볼 수 있다. 내 기억에만 해도 거의 50년가량을 그렇게 하고 있는 것인데, 여기에는 문제가 있다. 예를 들어 8시에 시작해서 30분 정도 방영하는 프로그램이 8시 반에 끝날 때쯤 '다음 이 시간에'라는 자막을 내보낸다면, 그건 날짜도 안내하지 않은 다음 회 그 프로그램이 끝날 때쯤에 TV를 보라는 얘기가 아닌가! 다음부터는 '(내일 또는 ○○일) 오후 8시에'라고 자막을 내보내 주시기 바란다.

100% 맞을 수밖에 없는 일기예보

난 날씨에 간접적인 영향을 받는 직업이어서 일기예보를 수시로 볼 수밖에 없는데, '네이버'를 통해 기상청에서 제공하는 날씨를 보다 보면 참 어이가 없는 것들이 있다(아래 사진 참조). 대표적인 세 가지 중 먼저 사진 ①을 얘기하면, 맨 밑의 '주간예보 오늘'에는 최저온도가 24도로 표시되어 있는 데 반해, 중간쯤에 있는 '오늘'의 시간대별 예보(그림)를 옆으로 넘겨보면 최저온도가 23도로 표기되어 있으며, 또한 맨 밑의 '주간예보 오늘'에는 최고온도가 28도로 표시되어 있는 데 반해 중간쯤에 있는 '오늘'의 시간대별 예보를 보면 최고온도가 26도에 지나지 않는다. 두 번째로 시간대별 예보에는 그 시각까지도 비가 오지 않는다고 되어 있다가 비가 오고 나서야 비 그림(   )이 표시되는 경우가 많은데, 이는 일기'예보'가 아니라 일기'후보'인 것이다. 마지막으로, 사진 ②를 얘기하면, 화면 하단의 '주간예보 오늘'의 오후에 비 그림이 표시되어 있어 어느 시간쯤 비가 오나 하고 시간대를 옆으로 넘겨보면, 정작 비 그림은 아예 없을 때가 많으며, 반대로 '주간예보'에는 비 그림이 없지만, '오늘'의 시간대 그림에는 비 그림이 그려져 있는 경우도 많다. 어차피 날씨는 비

(사진 ①)

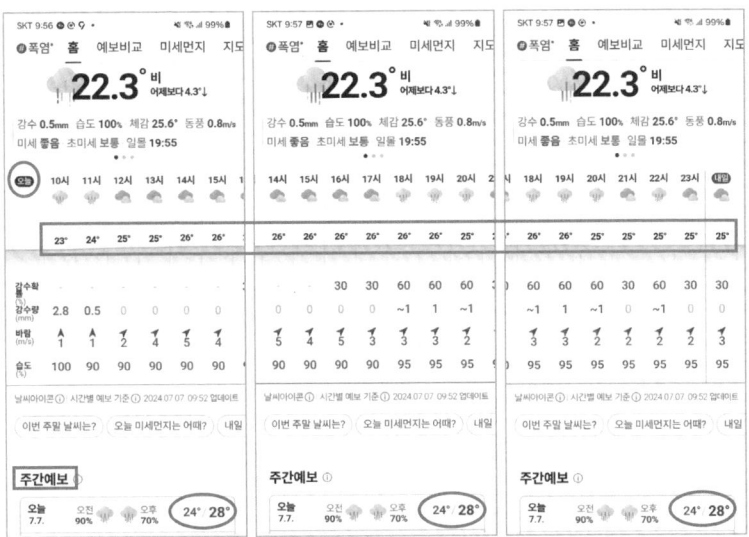

(사진 ②)

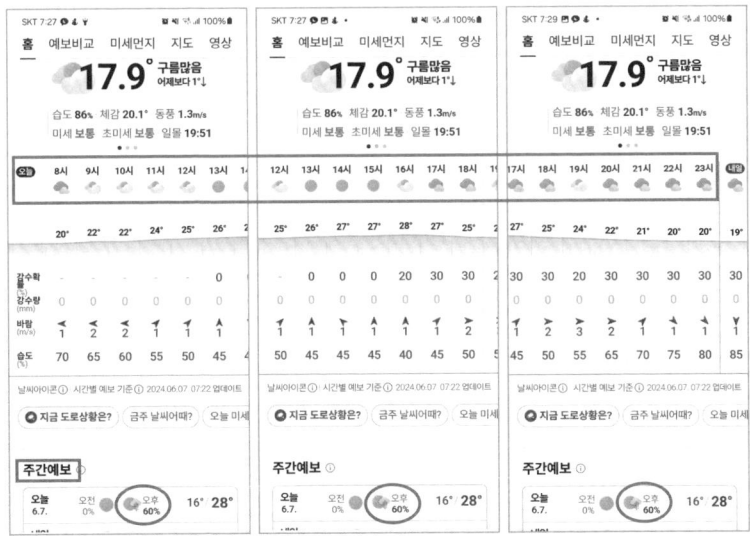

가 오든 오지 않든 두 가지 경우밖에 없는데, 하나(오늘 날씨)는 비가 온다고 예보하고, 나머지 하나(주간예보)는 비가 오지 않는다고 예보하면 어차피 100% 맞을 수밖에 없지 않겠는가? 세상에 이런 일기예보가 어디에 있을까? 2020.04.07. 조선일보의 'Chosun Biz'에 실린 내용을 보면, 우리나라가 보유하고 있는 물품 중 가장 비싼 것은 520억 원인 기상청의 슈퍼컴퓨터 5호기라고 나와 있다. 만일 그 고가의 슈퍼컴퓨터가 자동으로 그렇게 출력하는 것이면 그 컴퓨터를 손봐야 하고, 아님 슈퍼컴퓨터는 제대로 출력하는데 (그럴 리는 없겠지만)기상청 직원분들이 따로 수정을 하는 것이라면 그런 일은 절대로 없어야 한다. 기상청 분들은 반드시 이를 유념하시어 신중에 신중을 기해 위의 문제를 꼭 시정해 주시기 바란다.

미세 먼지 등의 표시 문구

일기예보를 보다 보면 (초)미세먼지가 '좋음, 보통, 나쁨'으로 표시되어 있는 걸 볼 수 있는데, 난 도저히 이해가 가지 않는다. 어떻게 (초)미세먼지가 '좋음'이라는 표현을 쓸 수 있는가? 굳이 따지면 '상태가 좋음'이라는 말도 되겠지만, 그러려면 '(초)미세먼지 상태 좋음'이라고 표기해야 한다. 그런 까닭에, (초)미세먼지는 '많음, 보통, 적음'이라고 표시하는 게 맞는 것이니, 기상청에서는 번거롭더라도 이것을 포함하여 모든 표기에 부족한 점이 없는지 꼭 세심히 확인 후 반영해 주시기 바란다.

후원방식 변경의 필요성

10여 년 전, 지인을 통해서 알게 된 어느 고등학교 1학년 학생이 집이 가난해서 버스비라도 아끼려고 집에서 약 6km 정도 떨어져 있는 학교를 걸어 다닐 때가 많다는 얘기를 듣고, 나를 포함한 세 명이 월 몇 만 원씩 걷어서 그 학생이 고등학교 졸업할 때까지 매달 지원(지원이라고 하기에는 쑥스럽지만)을 해 준 적이 있었다. 몇 년간 매월 여러 명의 돈을 걷어서 이체한다는 것에 은근히 신경이 많이 쓰였으나, 그래도 한 학생에게 사회의 아름다운 모습을 보여준 것 같아 다들 뿌듯해했다. 그런 경험이 있는 상태에서 요즘 TV에 종종 나오는 결식아동 등의 사회적 약자나 전쟁 국가, 또는 빈민국에 의약품, 생필품 등의 지원을 호소하는 프로그램을 보면 아쉬운 점이 한 가지 있다. 상황은 다를 수 있지만, 예전에는 1회에 한정하여 얼마 후원하는 방식이 많았는데, 요즘 내가 본 프로그램에서는 1회 한정 지원은 거의 없고, 월 몇만 원씩 정기 지원 방식만을 취하고 있다. 아주 큰 금액이 아니어도 정기 지원이라는 것에 일반인들은 신경이 많이 쓰일 수 있으니, 그런 방식보다는 차라리 두 가지 방식으로 모금을 하면 어떨까 한다. 예를 들어 전화기 버튼 '1'번은 1회 한정 후원, '2'번은 월 정기후원, '3'번은 희망 기간 및 금액 설정 등의 방식으로 하면 훨씬 더 많은 사람들이 후원에 참여하리라 생각된다.

한자 공부의 중요성

몇 년 전 우리나라 성인들에게 '6.25 전쟁이 북침인지 남침인지' 물어보았더니 응답자의 34% 정도가 북침, 55% 정도가 남침이라고 답변했는데, 그 전쟁을 '누가 일으켰냐'고 물었더니 대부분이 '북한'이라고 응답했다는 것을 접했을 때, 이는 '남침'과 '북침'의 뜻을 제대로 이해하지 못한 채 응답했음을 보여 주는 것이라는 생각이 들었다. 왜냐하면, '동풍'은 동쪽에서 부는 바람이니, '북침'이면 '북한 쪽에서 한 침략'이라고 생각될 수도 있기 때문이다. 내가 어렸을 적에는 학교에서 '남침', '남침'이라는 표현을 귀에 못이 박힐 정도로 들었기 때문에 반사적으로 '북한이 침략한 것'이라고 뇌에 입력이 되었지만, 요즈음엔 그런 교육이 아무래도 예전보다 적어져서 그럴 수도 있다는 생각이 든다. 또 다른 경험을 예로 들면, 몇 년 전 나의 사촌 손아래 처남이 내게 '형부'라고 부르는 걸 듣고, 기습적인(?) 표현에 '빵' 하고 터져 한참을 웃은 후 '매형'이라는 호칭을 알려준 적이 있고, '국가존망'의 뜻을 물어보니, '국가가 존나게 망하는 것'이라 대답하기에 그것 역시 제대로 알려 주었던 게 기억이 난다. 학자에 따라 연구 결과가 다르지만, 우리나라 단어 중 한자가 차지하는 비율이 35~67%라고 하며, 한자를 몰라도 문맥 상 뜻을 파악할 수 있으므로 굳이 한자를 배울 필요가 없다는 견해도 있다고 한다. 누구보다도 우리말을 사랑한다고 자부하는 나지만, 어쨌든 우리말의 1/3 이상이 한자로 되어 있으니 한자 공부를 해서 나쁠 건 없고, 오히려 한자 공부가 필요하다고 생각하며('아는 것이 힘이다.'), 방금 언급한 어느 학자의 견해처럼 굳이 한자 공부가 필요 없이 문맥상으로 단어의 뜻을 알 수 있지 않냐고 생각하는 사람들은 아무 책이라도 많이 읽기를 권장한다.

남침 못 하는 이유 변천사

웬만한 중장년층분들이 아시는 농담 중의 하나가, 예전에 북한이 남침을 못 하는 이유가 바로 '방위(최근까지 공익 근무요원으로 불리다가, 지금은 사회 복무요원으로 개정)' 때문이라는 우스갯소리가 있었다. 왜냐하면, '007가방(약간 크고 딱딱한 네모난 서류 가방)'에 도시락을 넣어 다니는 젊은 그들에 대해 전혀 알지 못하는 남파 간첩들이 북측에다가, '남한에는 가방에 폭탄 같은 것을 넣어 다니는 특수부대 요원들로 보이는 자들이 전국에 쫙 깔려 있다.'라고 보고를 해서 그렇다는 것이었다. 요즘에는 사춘기의 중학생들이 무서워서 남침을 못 한다는 얘기도 있는데, 이 얘기를 왜 꺼내냐 하면, 몇 년 전 어느 겨울밤에 얼룩덜룩한 신형 군복을 입고 오토바이를 타고 가는 사람들을 보았을 때 처음엔 그분들이 군인인 줄 알았지만, 나중에 'ㅇㅇ의 민족', '요ㅇㅇ'등을 통해 배달 서비스를 하는 분들이라는 걸 알았다. 내가 밤에 잘 다니지 않고, 또 밤에 배달해 먹는 일이 없기 때문에 몰랐던 것이었다. 그때 난 생각했다. 요즈음 북한이 남침을 하지 못하는 이유는 바로 이분들 때문이리라고. 여러모로 그분들의 노고에 감사를 드린다.

별거별곡

(상황에 따라 다르겠지만) 별거가 별거냐며 별거 아닌 걸로 별거하고, 별거해 보니 별거 없고, 다른 사람하고 살아도 별거 없으니, 되도록 별거는 하지 않는 것이 좋겠다는 생각이 들기도 한다.

내년부터는 잘 될 거야

1993년 겨울에 있었던, 오토바이를 팔기로 한 바로 전날 밤에 발생한 사고 때도 그랬지만, 그 이후 나에게 안 좋은 일이 생기면 친구들이, "내년부터는 좋은 일이 생길 거야. 액땜했다고 생각해!"라며 위로를 해 주어 기운을 차리곤 했다. 하지만, 그 후로도 거의 1년에 한 번 이상은 크게 안 좋은 일이 계속 생기자, 대략 2018년 이후부터는 친구들이 그런 위로를 해 줄 때, "고마워! 그런데, 그런 소리를 듣는 것만도 25년째야!"라고 농담 삼아 얘기하면 친구들은 실소를 한다. 그 말을 하니까 생각나는 건, 내가 2001년부터 개인사업을 하던 동안 거래처 사람들에게 "요즘 경기가 어떠세요?"라고 인사말을 하면, 거의 모든 분들이 "작년

보다 안 좋아요."라고 답변을 했는데, 그다음 해와 또 그다음 해, 계속해서 '작년보다 안 좋다'는 말들을 했다. 도대체 어떻게 그렇게 세월이 흐를수록 경기가 계속 나빠지는지, 체감하는 경기는 언제 좋아질지 하는 의문이 든다.

하고 싶은 대로만 하다간

누구나 하고 싶은 것만 하고, 먹고 싶은 것만 먹고 살면 좋겠다는 생각을 하지만, 아시다시피 그건 아주 극히 일부를 제외하고는 한낱 꿈일 뿐이리라. 얼핏 '하고 싶은 것만 하고 먹고 싶은 것만 먹다 보면, 하고 싶은 것 못하고 먹고 싶은 것 못 먹게 된다.'라는 내용이 담긴 노래 가사를 들은 것 같아 인터넷 검색을 해 보니 희한하게도 검색은 되지 않는다. 아무튼 내가 하고 싶은 얘기는, '(하고 싶은 걸)딱 오늘까지만 하고 내일부터는 하지 말아야지.'라고 하지 말고, 반대로 살아보자는 것이다. '하고 싶은 것은 오늘만 하지 말고, 하기 싫은 건 오늘만 해야지.'라는 마음가짐으로 하루하루 충실히 살다 보면 분명 좋은 일이 있을 것이다.

내일 할 일을 오늘 당겨서 하지 마라

'오늘 할 일을 내일로 미루지 마라.'라는 명언이 있다. 말 그대로 그날 해야 할 일은 게으름 피우지 말고 당일 꼭 하라는 말이다. 한편, 하루하루가 너무 바빠서, '난 왜 이렇게 늘 바쁘지?' 하고 곰곰이 분석을 해 본 결과, 뜻밖의 원인이 나타났다. 회사에서건 집에서건, 다음날을 여유 있게 보내려는 마음에 내일이나 다음에 해도 될 일을 계속 찾아서 쉴 새 없이 미리 하다 보니 그렇게 매일매일 바쁜 일상이 되어 버린 것이었다. 매일이 바쁜 사람들이여, '내일 할 일을 오늘 당겨서 하지 마라.'

타임머신 원리에 대한 이의 제기

나는 물리학자가 아닌 평범한 사람이기 때문에 상대성 원리나 타임머신의 정확한 원리는 알지 못하지만, 대략 빛보다 빠른 속도로 가면 시간을 따라잡을 수 있다고 하는 정도는 안다. 그러나, 만일 인류가 빛보다 빠른 수단을 개발했다손 치더라도 타임머신을 완성하기는 불가능하다고 생각하는데, 그 세 가지 이유 중 첫째는, 시간의 경로를 알 수 없다는 것이다. 냇물이 강을 지나 바다로 갈 때 높은 곳에서 낮은 곳으로 가는 것처럼 그렇게 가는 것인지, 아니면 연못에 돌을 던졌을 때 물의 표면에 떨어진 돌을 중심으로 원형으로 퍼져가는 것처럼 가는 것인지, 그것도 아니면 빛과 같이 일직선으로 가는지 알 수가 없다. 둘째는, 시간이 빛처럼 일직선상으로 흘러간다고 가정을 했을 때 그 각도 그대로 따라가서 그 시간 그 장소로 간다는 건, 산술적으로는 무한대 분의 1의 확률로, 이는 현실적으로는 불가능한 것이기 때문이다. 예를 들어, 2차원인 평면에서 모든 방향은 360도 이내에 있지만, 말이 360도이지, 그 안에는 0.1도, 0.01도, 0.001도, 0.0001도 등의 무한대의 각도가 있어, 출발점에서 멀어지면 단 0.00001도의 차이라 하더라도 멀리 갈수록 점점 그 방향과 멀어지는 법인데, 그 무한한 2차원이 모인 3차원인 우주공간에서는 2차원보다 더한 무한대의 차이가 있을 수밖에 없다. 셋째는, 우주 현상을 포함한 온 세상의 무한대의 경우의 수가 포함된 미래가 빛을 타고 현재로 와서 그대로 실현이 되고 있다는 건 이치에 맞지 않고, 오지도 않은 그러한 미래로 타임머신을 타고 간다는 것 또한 전혀 맞지 않기 때문이다. 위의 세 가지만 종합해 봐도 타임머신을 만든다는 것은 불가능한 것이다. 또한, 시간은 흘러가는 것이 아니라 사라지는, 즉, 소멸하는 것이라고 정의하며 이 논제에 대해 끝을 맺는다.

우주와 외계인-1

승강기를 처음 탔을 때 승강기 안의 좌우 옆면에 붙어 있는 거울에 비친 내 모습이 끝없이 뻗어 나가는 걸 보고 오랫동안 잊고 있었던, 내가 어릴 적에 아주 궁금해 했던 '우주에 과연 끝이 있을까?' 하는 것과, '외계인이 과연 있을까?' 하는 의문들이 다시 떠올랐다. 먼저 우주의 끝이 있을까를 생각해 보면('소우주'니 '대우주'니 하는 전문 용어 말고, 지구 밖의 모든 세계를 우주라 하자), 끝이 없는 물질이 어디 있겠나 하면서도, 방금 얘기한 맞거울의 형상에 끝이 없는 것과 숫자에도 끝이 없는 것처럼 우주에도 끝은 없는 것 같다. 다음으로 외계인의 존재 여부에 대해 말하자면, 예전에 읽었던 어떤 책에 실린 내용처럼, 무한대의 별 중에서 오직 지구에만 생명체가 있다고 생각하는 건 인간의 오만함이라고 하는 것에 전적으로 동의한다. 그리고, 생명체가 존재하기 위해서는 지구처럼 산소가 있어야 한다지만, 그건 우리의 기준이고 모든 것은 상대적일 수도 있기 때문에, 외계의 생명체는 오히려 산소가 있으면 살 수 없고 일산화탄소 등 다른 성분이 있어야 살 수 있을지도 모르는 일이며, 섭씨 100도씨가 넘으면 생명체가 존재할 수 없다고 하는데, 오히려 그 온도 아래로 내려가면 죽고 그 온도가 넘어가야 살 수 있는 생명체도 있지 않을까 하는 생각이 든다. 아주 먼 옛날 동양인과 서양인이 교통편이 없어 서로의 존재를 모르다가 수백 년 수천 년 만에 처음 만났을 때 서로 괴물이라고 놀랐던 것처럼, 아주 먼 훗날 별과 별 사이를 순식간에 이동할 수 있는 교통편이 생겨 외계인을 만나게 된다면 그와 같은 장면이 재현될 수도 있을 것이다.

우주와 외계인-2

'동물의 왕국' 같은 것을 보면, 해외의 야생 국립공원 등에서 아기 새들이 뱀에게 잡아먹히거나 초식동물이 육식동물에게 잡아먹히는 것을 보아도 관리원들이 개입을 하지 않는데, 그 이유는 마음속으로는 불쌍하고 안타깝게 생각하면서도 그건 자연의 섭리이며, 만일 그런 것들을 모두 구해 주면 생태계에 인위적으로 간섭하여 생태계 교란을 일으킬 수도 있다고 판단되기 때문이다. 이를 인간세계에 접목해 보았을 때, 만일, 하느님을 포함한 외계인이 전지전능한 힘으로 지구를 관장하고 있다면(우주도 관장하겠지만), 범죄나 전쟁 등으로 수백만 명이 죽거나 다치는 일이 발생하는 것이나, 몇 년 전 코로나바이러스19가 창궐하여 온 세상이 발칵 뒤집혔던 것도 위의 국립공원의 예처럼 인간의 개체 조절을 위하여 그냥 그렇게 놔둔 것이 아닌가 하는 생각이 든다. (희생자들도 있으니 비아냥거리는 것은 절대 아니고)또 한편으로는, 인간들이 시끄러워서 마스크를 쓰게 만든 것 같기도 하다.

인체와 천체의 유사점

몸의 80%는 물이고, 지구의 80%도 물이다. 보름달의 주기가 약 29일이고, 여성의 생리(그래서 월경이라 하겠지만) 주기도 그와 비슷하다. 지구가 태양 주위를 한 바퀴 돌아오는 공전주기가 365일이고, 인체 온도는 36.5℃이다. 이런 것도 아주 신기하게 느끼는 내가 이상한 걸까?

노동과 운동

몸의 온갖 근육을 써가며 육체적인 일을 하는 사람들은 운동을 따로 할 필요가 없을 정도로 건강할 것 같지만, 내 경험이나 주변 사람들의 얘기를 들어 보면 꼭 그렇게 비례하지는 않는다. 내 경우만 해도 넓은 곳에서 근무했을 때 걷는 거리가 아무리 많아도 건강에 크게 도움이 되지 않았고, 퇴근 후에 별도로 아령과 걷기 운동을 하니 몸이 더 좋아지고 마음이 더 편안해졌다. 왜 그런지 곰곰이 생각을 해 보니, 내가 과학적으로 증명할 수는 없지만, 우리의 뇌는 근무시간에 움직이는 건 운동이 아닌 노동으로 인식을 하는 것 같다. 그러니, 정작 건강에 도움이 되려면 출근 전이나 퇴근 이후 따로 시간을 내서 근력운동이나 걷기, 달리기, 탁구나 배드민턴 등의 취미활동을 꼭 하기를 권장한다.

짝눈의 합산 시력?

사람이 외관상으로는 손과 발의 길이가 똑같은 것으로 보이지만, 인간을 공장 같은 곳에서 기계로 찍어낸 게 아니기 때문에

0.1mm의 오차도 없이 길이가 똑같지는 않고, 코뼈도 일직선상으로 똑바른 것 같이 보이지만 정확히 180도를 유지하고 있는 것은 아니듯, 우리 눈의 좌·우 시력 또한 다른 경우도 비일비재할 것이다. 여기서 궁금한 점은, 좌·우 시력이 다를 때 합산 시력이 얼마나 나올지 하는 것이다. 나의 왼쪽 눈의 시력이 1.2이고, 오른쪽 눈이 0.8인데, 거리가 약간 먼 간판을 본다 치면 두 눈을 뜨고 봤을 때와 왼쪽 눈만 뜨고 봤을 때 거리감이 덜 느껴지는 것을 빼고는 읽을 수 있는 글씨의 차이가 거의 없지만, 오른쪽 눈으로만 봤을 때는 확연히 덜 보인다. 그래서 예를 들어 나의 시력을 기준으로 했을 때, 합산 시력을 평균인 1.0으로 봐야 하는지, 아니면 경우의 수가 다양한 것인가를 의학적으로 결론을 내릴 수 있는지 하는 궁금증이 생긴다.

꿈이 흑백인 이유

'흑백 꿈을 꾸는 것은 어렸을 때 많이 접했던 미디어가 영향을 미치기도 하며, 어렸을 때 컬러가 없는 흑백의 만화책을 많이 봐왔거나, 흑백 TV를 보았던 기억으로 흑백 꿈을 꾸는 경우가 잦다고 한다. 그러나, 깊은 잠에서 드는 꿈은 장면만 기억이 나고 색깔은 기억나지 않아, 실제 꿈에선 컬러가 있었지만 기억엔 흑백으로만 남아 있어서 그런 경우가 많다고 한다. 감성이 풍부한 사람은 색깔에 관심이 많고 예술에 흥미를 느끼는 편이라 꿈에서도 컬러감이 나타나는 비율이 높다고 한다(출처 : 네이버, 'by 관심남'). 그렇기도 하겠지만, 내 생각은 다르다. 나는 꿈을 자주 꾸는 편으로 보통 흑백 반, 컬러 반 정도인데, 내 생각으로는 우리가 눈을 감아서 시신경이 흑백인 상태에서 잠이 들기 때문에 흑백 꿈으로 기억되는 것이라고 생각한다.

인지력

똥인지 된장인지 인지가 안 되면 인지력이 떨어진 것으로 인지하면 된다.

도 아님 모

인생을 '도 아니면 모', 즉, 극단적으로 생각하는 사람들을 가끔 보게 된다. 그러나 환갑이 가까워지는 나의 생각으로는, 인생을 '도', '모', 즉 모두 도모하여 두루두루 살피는 둥근 마음으로 잘 살았으면 하는 바람이다.

화해해

국민학교(지금의 초등학교, 이하 '국민학교'라 한다.)나 중 · 고등학교 시절, 친구들끼리 싸우다가 선생님에게 들키면, 선생님은 두 아이의 얘기를 들어본 후 잘못한 아이더러 상대방에게 사과하라고 시키고, 그 다음엔 상대방에게 사과를 받아주고 '화해'하라고 하며 악수를 하도록 시킨다. 하지만, 그건 선생님이 시키니까 억지로 사과를 하고 '화해해 주는 척'하는 것이지, 정말로 마음에서 우러나서 '화해'하는 것은 아닐 것이다. 물론, 방관하는 것보다는 낫지만, 당사자들은 아직 화해를 할 마음이 없는데 선생님이 화해하라고 하는 것보다, 더 이상 다투지 말고 마음의 준비가 되면 알려달라고 한 후 화해를 시키는 등의 방법이 더 낫지 않을까 한다.

용서에 대하여

'용서'에 대해서 깊은 생각을 하게 만든 두 편의 영화가 있다. 하나는 2006년에 개봉한 류승완 감독의 '짝패'라는 영화이고, 나머지 하나는 그다음 해에 개봉한 이창동 감독의 '밀양'이다. 먼저 '짝패'에서 나오는 내용을 소개하면(배우의 이름으로 소개하며, 존칭은 생략한다), 어렸을 적부터 키가 작고 힘이 약한 편이었던 이범수가, 자기를 무시해 왔다고 생각하는 정두홍을 여러 사람을 동원하여 심하게 때린 후 풀어 주며, "원래 '용서'도 힘 있는 놈이 해 주는 거 아니냐? 응? 그게 진짜 용서여. 센 놈이 약한 놈한테 베푸는 거!"라는 말을 한다. 이범수가 왜 정두홍을 죽이지 않고 그런 말을 하냐 하면, 지금은 정두홍이 자기의 상대가 안 되기 때문이란다. 맞다. 용서는 나이가 많거나 힘, 또는 권력이 있는 사람이 아랫사람에게 하는 것이다. 예를 들면, 부모가 아이를 용서하는 것이지, 어린아이가 부모를 용서하는 것은 아니기 때문이다. 물론, 자식이 부모를 용서하는 경우도 있다. 남편의 폭력 등을 피해 아이를 놔둔 채 다른 곳으로 도피한 어머니를 훗날 성장한 자식이 '용서'해 드리는 등의 경우로, 이는 부모가 약해진 만큼 그 아이는 많이 컸고 상대적인 힘이 생겼기 때문이니, 이 역시 맥락은 강자가 용서를 한다는 것과 같다고 볼 수 있다. 다음으로 '밀양'의 내용을 소개하면, 아들이 유괴되어 살해당해 괴로워하던 전도연이 종교에 귀의 후 그 살인범을 '용서'해야겠다고 마음을 먹고 교도소에 있는 그자를 찾아갔을 때, 유괴범이 자기는 이미 하나님께 '용서'를 받아 마음의 평화를 얻었다고 말한다. 그 말을 듣고, 자기가 용서하기 전에 어떻게 하나님이 먼저 용서를 할 수 있냐며 분노를 느끼고 충격을 받은 나머지 면회소에서 나오자마자 기절하기까지 한다. 그렇다. 정작 용서를 베풀어야 할 주체는 피해를 입은 당사자이지, 하나님이 그 주체는 아닌 것이다. 만일, 피해자는 아직 용서를 할 준비가 되지 않았는데 하나님이 피해자보다 먼저 용서를 하는 것이 맞다면, 과연 그게 신의 영역인지 생각해 볼 일이다.

겁이 있는 이유

아주 오래전 어느 날 밤, 어머니와 함께 5살쯤 된 조카를 차에 태우고 갈 때의 일이다. 가로등이 없는 아주 어두운 길에 접어들자 그 아이가 갑자기, "아유, 무서워!"라고 하며 어머니의 품에 파고들기에 우리는, "조그만 애도 무서운 걸 아네?"라고 신기해하며 웃었던 기억이 있다. 그때는 별다른 생각 없이 넘겼지만, 그 뒤 '동물의 왕국'에서 아주 작은 물고기가 물속 바위틈에 숨어 있다가 밖으로 나가려고 살짝 머리를 내미는 순간 큰 물고기가 멀리서 다가오자 다시 그 바위틈으로 몸을 숨기는 것과, 아기 사자가 자기 아빠 사자 말고 다른 어른 사자가 나타나면 숨는 것(사자는 자기 피가 섞이지 않은 어린 사자를 물어 죽이는 경향이 있다고 한다)을 보고 나서, '아, 무서움 타는 이유는 생존을 위해 꼭 필요한 것이기에 DNA에 새겨져 있는 본능이구나!'라는 생각을 하게 되었다. 방금 예를 든 경우들에서 작은 물고기가 바위틈 밖으로 마구 돌아다니거나, 아기 사자가 다른 어른 사자들 앞에서 아무 생각 없이 돌아다닌다면 틀림없이 잡아먹히거나 죽임을 당했을 것이리라. 한편 나 또한 어렸을 적 밤길을 다닐 때, '혹시 귀신이 쫓아오는 것은 아닌가?' 하고 무서워하며 자꾸 뒤를 돌아보

며 뛰곤 했는데, 만일 인간의 눈이 뒤에도 달려 있다면 그런 공포
감은 없을 것 같고, 뒤에서 돌진해 오는 차량이나 괴한의 습격 등
을 피할 수 있으니 그런 사고도 많이 줄어들 것 같다는 생각이 든
다. 다른 한편으로는, 모든 동물들이 그렇게 뒤에도 눈이 있다면,
사자나 호랑이 등이 초식동물을 사냥할 때 성공 확률이 극히 낮
아져 생태계가 파괴될 수도 있을 것 같은 생각도 든다.

먹이사슬

아이를 낳아서 키우다 보니(물론 아내가 낳았지만), 사람이 태
어나서 자립을 할 때까지 아주 많은 기간과 부모의 노고가 필요
하다는 것을 느꼈다. 갓난아기 때는 말을 하지 못하고 울기만 해
서 왜 우는지 이유를 파악하는 데 다소 시간이 좀 걸렸는데, 내
경험으로는 아기가 우는 이유는 거의 4개 중 하나였다. 배가 고
프거나, 대·소변을 봤거나, 졸리거나, 무언가 불편한 게 있을 때
였다. 그 후 기어다니거나 걸을 수 있게 되면, 먹어서는 안 될 것
을 주워 먹거나 위험(뜨거운 물로 인한 화상 등)에 처하지 않게
하기 위하여 아이가 잠들 때까지 긴장을 늦추지 않고 계속 쳐다

보면서 돌봐줘야 하고, 그 후에는 학교생활과 사회생활을 잘 할 수 있게 신경 써야 하며, 또 그 후에는 예전의 농경사회와는 달리 자식들이 결혼 후에도 잘 사는지 등 부모는 눈을 감기 전까지 자식 걱정을 해야 한다. 예전에 보았던 '동물의 왕국'이 생각났다. 알에서 갓 깨어난 물고기나 거북이, 엄마 뱃속에서 갓 태어난 얼룩말이나 초원에 사는 영양 등은 태어나고 얼마 지나지 않아도 헤엄치거나 걸어 다닐 수 있는 데 비해, 사자나 호랑이 등은 스스로 독립할 수 있을 때까지의 기간이 그들(거북이, 얼룩말 등)보다 한참 더 소요되었다. 그걸 보고 느낀 건, (임신 기간은 거의 그 동물의 크기에 비례하고)먹이사슬의 상위에 있을수록 태어난 후 자립하는 시기가 길어진다는 것이다. 왜냐하면, 먹이사슬의 하단에 있는 초원의 얼룩말 등은 태어난 지 얼마 되지 않았어도 무리를 따라 움직이지 못한다면 바로 잡아먹힐 확률이 높은 데 반해, 사자 무리에 섞여 있는 아기 사자는 웬만해서는 건드릴 수 없기 때문이라고 생각하며, 이는 반드시 일치하지는 않더라도 거의 일치하는 것 같다.

성선설과 성악설

국민학교 2학년 때쯤 우리 집에 온 강아지 진순이가 나중에 커서 새끼를 4마리 낳았는데, 아버지가 운영하시는 낚시 가게에 딸린 개집에서는 모두 키울 수가 없어 그 중 한 마리만 놔두고 나머지는 아시는 분들에게 주시기로 했다. 안타까웠지만 상황도 그렇고, 아버지의 뜻에 무조건 따를 수밖에 없어 서운함을 감추며 아버지께 여쭈어보았다. "어떤 애(강아지)를 남겨 두실 거예요?" "잠깐 와 봐라." 아버지가 강아지들 각각의 목덜미를 잡아 공중에 들으신 후(참으로 신기했던 건, 그 강아지들이 아프다고 울 줄 알았는데 개들은 그 상태에서 울지 않아 아버지에게 여쭤보니, 보통 진돗개들은 울지 않고 흔히 '똥개'라고 불리는 애들은 잘 운다 하셨다) 1:1로 녀석들의 얼굴을 맞대시자, 내 눈에 신기한 광경이 펼쳐졌다. 이제 갓 눈을 뜬 지 며칠 되지도 않은 녀석들이 둘이서 눈을 딱 마주치면, 한 마리는 다른 녀석의 눈을 똑바로 쳐다보며 '으르렁~'거리고, 다른 녀석은 '깨개갱~'거리며 눈을 피하는 것이었다. 아버지는 네 녀석을 모두 그런 식으로 눈싸움을 시켜 그중에 가장 배포(?)가 센 녀석을 선발하셨다. 그로부터 한참 뒤 사회생활을 하면서 여러 사람들을 겪으며 인간의 본성에 대해 생각하던 중, 고등학교 때 배운 '성선설(맹자)'과 '성악설(순자)', 그리고 앞에서 얘기한, 내가 어렸을 적의 '강아지 선별' 과정이 떠올랐다. 개도 타고난 기질이 있듯이, 분명 인간도 타고난 기질이 있을 것이고, 그 후의 환경에 따라 달라지는 것 같은 생각이 들었다. 좋은 기질이든 나쁜 기질이든 간에 선천적으로 타고난 기질이 어떠한 환경을 만나냐에 따라 완성이 된다고 느낀 것이다. 예를 들면, 대대로 '선비' 같은 집의 자녀로 태어나도 어울리는 친구들이 범죄자들이면 범죄를 저지를 확률이 높고, 대대로 흔한 말로 '깡패' 집안의 자녀로 태어나도 어울리는 친구들이 '모범생'들이면 범죄를 저지를 확률이 낮아질 것 같다. 하지만, 난 선천적인 기질이 환경보다 좀 더 큰 영향을 미치리라고 생각한다. 왜냐하면, 선천적인 기질이 '선비' 같은 사람에게 전쟁터에서 강제로 포로를 사살하라고 해도 그렇게 하지 못하는 사람도 있을 것이기 때문이다. 즉, 인간만사를 하나로 정의할 수는 없지만, 인간의 본성은 성선설도 아니고 성악설도 아니며, 천성에 환경이 혼합된 것이라는 결론을 내렸다.

사람 예측의 오류

중학교 시절 친했던 ㅎㅅ이와 고등학교는 다른 곳에 가서 만나지 못하다가 같은 대학교에 입학하게 되어, 2학년 때부터 졸업할 때까지 쭉 같이 자취 생활하면서 느낀 일이다. 중학교 때 새벽에 신문 배달을 했을 정도로 아주 성실하고 착했던 모습을 생각하여 동거(?)하게 된 것인데, 막상 같이 생활을 해 보니 이건 그게 아니었다. 이불이나 요, 베개 같은 것을 하나도 가져오지 않은 것까지는 전혀 상관이 없었으나, 한 이불을 같이 덮고 자는 상황에서 일주일 이상 발을 닦지 않고 지내는 것을 보고 한 마디 했더니, "내가 언제 발을 닦는지 계속 지켜보고 있었냐? 너무하네…"라고 하며 눈물을 흘렸다. 그것보다 나를 더욱 힘들게 했던 건, 녀석의 생활력이 없는 점이었다. 그 친구가 형편이 좋지 않았던 집의 8남매 중 막내로 태어나, 생활비는 자기가 알아서 할 테니 대학 등록금만 내주시라 하여 입학하게 된 것은 알았던 상태이므로 녀석이 처음부터 무일푼이었던 것까지는 괜찮았으나, 난 나의 정신이 흐트러져 공부가 잘 안 될 것 같으면 힘든 일을 하며 마음을 다잡고 용돈도 벌기 위해 새벽에 '인력시장'에 가서 일을 하곤 했는데, 그 친구더러 같이 가자 하니 딱 하루만 같이 간 뒤에는 "어렸을 때 고생을 많이 해서 더 이상 고생하기 싫어!"라며 거절을 하고 빈둥빈둥 지냈기 때문이었다. 또한, 내가 아내를 선택한 이유 중의 하나가, 장모님을 뵈니 인상도 좋으시고 헌신적인 분으로 생각되어 '엄마를 보면 딸을 알 수 있다.'는 말이 생각나서인데, 막상 살아 보니 "나는 엄마처럼 고생하지 않을 거야!"라고 하는 데다가, 하필 성격이 급하고 '욱'하시는 장인어른(그 점 빼고는 다른 건 모두 좋으셨다. 작고하신 장인어른, 죄송합니다!)을 닮은 것이었다. 위의 일들을 경험한 후 느낀 것은, 예전의 그 사람에 대한 좋은 기억으로 만났다가는 아닐 때도 있고(그럼에도 ㅎㅅ이는 나의 둘도 없는 친구로, 다행히도 요새는 아들 뒷바라지하느라 내가 본 40여 년 만에 가장 열심히 산다), 가족의 다른 구성원을 보고 누군가를 선택하면 큰코다칠 때(?)도 있다는 것이다.

배려

주변 사람들에게 푸근함을 주는 사람 중 하나는 배려심이 많은 사람일 것이다. 친구들이 나에게 배려심이 많다는 얘기를 하면 쑥스러운 마음에, "너무 배려해 주면 사람 배려(버려)!"라고 농담을 한다. 그 말을 들은 친구들은 모두 맞다고 웃으며 성토하는데, 그 이유는 대부분 배우자에게 배려를 해 주면 처음엔 고마워하더니 조금 지나면 그게 너무 당연시되고, 결국에는 의무로 돌아온다는 것이다. 2010년에 개봉한 영화 '부당거래'에 나오는 배우 류승범 씨의 대사가 생각난다. "호의가 계속되면 그게 권리인 줄 알아요." 그런 일이 없게끔, 배려를 받는 사람들이 처음의 그 감사한 마음을 계속 간직하며 자기 또한 상대방을 배려해 준다면 좀 더 아름다운 사회가 되지 않을까 한다.

배송 에티켓

평소에 택배하시는 분들을 보면 실제로, '와! 저렇게 힘든 일을 어떻게 하지? 정말 대단히 고마우신 분들이다.'라고 생각을 한다. 물론, 내가 바쁘거나 마음이 급할 때, 하필 그분들의 배송 물량이 많아 승강기가 여러 층을 들렀다가 내려갈 적에는 아주 살짝 짜증이 날 때도 있지만, 당연히 그분들의 노고를 이해하기 때문에 아무런 문제가 되지 않는다. 하지만, 어느 한 분에게 아쉬운 면이 있던 걸 소개하고자 한다. 어느 날, 지하 주차장에 주차를 하고 집으로 올라가는 승강기 안에 타고 있을 때, 택배하시는 분이 1층에서 타서 그분과 나, 이렇게 단둘이 타게 되었다. 그분은 경유하는 거의 모든 층의 버튼을 누른 후, 승강기 문이 열리면 해당 세대 문 앞에 택배를 놓아두고, 또 다른 층의 승강기 문이 열리면 또 그렇게 택배를 놓아두고 하는 식으로 올라가고 있었으며, 거의 20층인 내가 내릴 때까지 그렇게 하실 작정이었다. 그렇게 중간쯤 올라갔을 때, 이건 아니다 싶어 결국은 내가 좋게 말씀을 드렸다. "저는 ○○층까지 가는데, 저뿐만 아니라 다른 승객들과 승강기를 타고 올라갈 때에는, 그 사람들과 끝까지 올라간 다음 모두 다 내린 후에 내려오시면서 배송을 하시는 게 어떠세요?" 그러자 그분은 아무 대답도 하지 않고 인상을 쓰며 나를 빤히 쳐다본 후 내가 내리는 층을 제외하고 다른 층들의 버튼을 지우고는 승강기의 층수 표시판만 바라보고 있었다. 나는 한마디로 에티켓을 알려드린 것인데, 그분은 급한 마음에 짜증이 난 것 같았다. 내가 하는 말이 무조건 옳다는 것이 아니라, 어차피 그분은 똑같은 배송 시간이 소요되는 것이니 나를 내려 주고 나서 하면 될 것을, 나에게 그 시간을 소모하게 하는 것은 불합리한 것이기 때문이다. 자기가 생각 못 했던 남의 입장에 귀를 기울여야 할 때도 있으니, 택배업에 종사하시는 분들은 이 점을 꼭 참조하시어 더욱 존중받는 분들이 되시기를 바란다.

똑같은 입에서 나오지만

대기업에 입사한 지 얼마 되지 않아 총무직을 맡고 있을 때 업무가 너무 많아, 주말에도 예외 없이 이틀에 한 번씩 야근을 할 당시 어느 일요일의 일이었다. 그전에는 전혀 그런 적이 없던 경리 여직원이 출근하기에 인사를 했다. "안녕하세요? 어쩐 일이세요?" "일이 많아서요." "무슨 일이요?" "교통비 지급 관련이요." "그것도 일이에요." 라고 말했더니 얼굴을 잔뜩 찌푸리며 "그게 얼마나 일이 많은 줄 아세요?" 라고 하는 것이 아닌가! 왜 그런 반응을 보였는지 처음엔 몰랐다가, 잠시 후 내가 그 이유를 짐작하고 말했다. "나는 '그것도 귀찮고 손이 많이 가는 일'이라는 의미로 말한 것인데, '그까짓 게 무슨 일이냐?'라고 들으신 것 같네요." 라고 하자 그제야, "아, 그런 뜻이었어요?" 하고 오해가 풀렸고, 똑같은 말이라도 상대방의 감정이나 상대방과의 관계에 따라 다르게 느껴질 수 있다는 생각이 들었다. 그러고 보면, 입김을 세게 불어 뜨거운 음식을 식혀 먹기도 하지만, 손이 시릴 때 입김을 천천히 '호~' 하고 불어 손을 녹이는 경우가 있고, 또한 불을 붙일 때 불씨에 바람을 세게 불면 꺼져버리니 살살 달래듯이 입김을 불어야 불을 제대로 살리는 경우가 있듯이, 똑같은 입에서 나오는 바람도 차이가 있다. 이런 사례들에서 보면 똑같은 말이라도 결과는 다를 수 있으니, '말 한마디로 천 냥 빚을 갚는다.'라는 말처럼, 똑같은 말이라도 남에게 상처를 주는 말은 하지 말고, 상대방을 생각해서 말을 했으면 좋겠다.

꾸준함의 미덕

내가 아주 좋아하는 친구인, '나들가게'를 운영하는 덕우와 알게 된 건, 중학교 동창인 ㅇㅈ 덕분이다. ㅇㅈ와는 고등학교를 달리 나왔기에 수십 년간 못 봤다가 우연찮게 만나게 되어 둘이 술을 마시고 얼큰해진 상태에서, ㅇㅈ가 우리 집에서 그리 멀지 않은 곳의 어느 가게에 나를 데리고 가더니, 대뜸, "야, 이 친구가 덕우야. 여기서 먹고 싶은 거 있으면 그냥 다 공짜로 먹어도 돼!" 라고 하는 것이었다. 덕우를 바라보며 "진짜냐?"고 물어보자, "그래."라 하며 미소를 지었다. 취한 상태였지만, 그래도 그건 아닌 것 같아 아이스크림 한 개만 얻어먹고는, 속으로 '참으로 후덕하고 좋은 친구구나!'라고 느꼈고, 그 뒤 나 혼자서라도 그 친구 가게에 종종 놀러 갔기에 얼마 뒤엔 자연스레 친해지게 되었다.

당시 그 가게에 갈 때마다 손님이 거의 보이지 않았지만, 물어보기가 곤란해서 안 물어보다가 어느 정도 많이 친해진 후 조심스럽게 물어보았다. "미안하지만, 손님이 별로 없는 것 같은데, 맞아?" "응, 간신히 입에 풀칠하고 살아." "하루 매출 물어봐도 돼?" "한 20만 원 왔다 갔다 해…" "그걸로 어떻게 4식구가 먹고 살아?" "그래도 부모님한테 가게를 물려받아 월세가 안 들어가고, 생필품을 내 가게에서 조달해서 쓰니까 그냥저냥 살아." "그렇구나… 그나마 다행이네. 그건 그렇고, 바로 세 칸 옆의 슈퍼에서 담배 팔아서 네가 못 파는 거지?" "응, 몇 년마다 담배 판매권 추첨을 하는데 난 자꾸만 떨어져." "담엔 잘 될 거야. 응원해 줄게." "고마워." 그로부터 몇 년 뒤에 추첨이 있었는데 그때도 안돼서 많이 낙담해 있을 때 내가 말했다. "내가 장담하는데, 다음엔 무조건 될 거야!" "후, 그래?" "그렇다니까!" "알았어. 기대할게." 그렇게 또 몇 년이 흐르고, 다시 추첨이 있던 날, 기운을 북돋아 주기 위해 시간을 쪼개 시청에 그 친구를 만나러 가서 응원을 해 준 뒤 그날 저녁 그 친구 가게에 가서 결과를 물어봤더니, 다행히도 이번엔 담배 판매권을 받았다기에, 나의 일처럼 기분이좋아 진심 어린 축하를 해 주었다. 그 뒤 얼마 지나지 않아 그 몇칸 옆의 슈퍼는 담배 판매권이 없어지며 다른 품목도 잘 안 팔려

월세 내기가 힘들어 문을 닫은 반면, 덕우의 매출은 많이 늘어나서 현재는 (담뱃값이 많이 올라 그렇다고 하더라도) 하루에 100만 원 이상의 매출을 올리고 있어, 그 친구네 가족도 그렇겠지만, 다른 친구들도 모두 자기 일처럼 좋아하고 있다. 또, 내가 아주 좋아하는, 고등학교 2학년 때 같은 반이었던 주석이라는 친구는, 대학교 졸업 직후부터 공무원 생활을 해 오고 있는데, 초반에는 박봉에 시달려 주변에 공무원직을 그만둔 동료들도 많았지만 꾸준히 참고 일을 해 온 결과, 지금은 연봉도 괜찮고 몇 년 뒤 퇴직하면 연금도 짱짱(?)하기에, 친구들 중에서 노후에 가장 돈 걱정이 없는 친구로 꼽힌다. 이 둘을 보고 느끼는 건, '우물을 파도 한 우물만 파라.'라는 말이 있듯이, 힘들어도 꾸준히 하는 사람이 성공한다는 것이다. 물론, 꾸준히 해도 안 될 때가 있을 수도 있겠지만, 성공 확률을 높이는 차원이니 유념해 두기 바란다.

'아니'의 남발

덕우 가게 앞·뒤로 주차할 수 있는 공간이 있는데, 앞쪽에 주차를 하고 그 가게로 들어갔더니 내가 아주 좋아하는 친구 창훈이가 먼저 와 있기에 물었다. "네 차가 안 보이는 걸 보니 뒤에 주차했구나?" "아니! 뒤에 했어." "그래, 뒤에 주차했냐고 물어봤더니, 뒤에 해 놓고 뭘 아니래?" "그래, 뒤에 주차했다고!" "그래, 근데 왜 아니라는 표현을 써?" 했더니, "그런가?" 하며 '피식' 웃는 것이었다. 그런 일을 겪고 나서 주변인들과 대화를 하다 보니, '맞는 것'일 때에는 '응', 또는 '그래'라고 해야 하지만, 방금 그 친구처럼 '아니'라는 말을 남발한다는 것을 느꼈다(창훈이가 잘못됐다는 것은 전혀 아니고, 무의식적으로 그렇게 말하는 사람들이 많다는 것이다. 그 친구는 잘생긴 상남자이지만, 그것과는 반대로(?) 성격은 남을 섬세하게 배려해 주는 아주 좋은 친구이다). 그러던 차에, TV 프로그램을 보던 중, 성공하는 자는 상대방의 질문과 배치되더라도 긍정의 대답을 많이 한다는 사례가 나왔다. 예를 들면 방금 같은 경우에, "앞에 주차했지?" "응, 뒤에 했어." 라고 한다면 상대방의 질문이 틀렸더라도 어찌 보면 문법에는 맞지 않지만, 상대방의 기분을 상하지 않게 하고 동질감을 이끌어내는 좋은 방법인 것이다. 물론 아무리 그렇게 대답해도 성공하지 못할 수도 있지만, 이 또한 성공 확률을 높이는 차원이며, 또한 대인관계를 더욱 좋게 하기 위해서라도 굳이 상대방의 잘못된 점은 끄집어내지 않는 것이 좋을 것 같다.

미쳐야 성공한다

내가 공부에 미친 적이 딱 두 번 있었는데(공부에 미치게 된 계기는 우리를 키우시느라 헌신하신 어머님의 은혜를 갚아야 되겠다는 생각이 들어서였고, 영어 공부를 할 때마다 훗날 꼭 성공해서 연단에 서서, 'I owe what I am to my mother(오늘의 내가 있는 것은 모두 어머님 덕분입니다).'라는 말을 하는 나의 모습을 상상하며 공부에 매진했다), 한 번은 대학교 3학년 여름방학 때로, 방학 직전 1년 선배인 ○○형이 방학 때는 사용을 하지 않는 종합강의동에서 생활하며 공부할 것이라 하기에 나도 같이 하자고 졸라서 방학이 시작되자 빈 강의실에서 함께 공부를 하게 되었다. 같이 지내던 첫날부터 이상한 경쟁심이 생겨, '방학 동안 저 형이 잠자리에 든 후에 자고, 저 형이 일어나기 전에 일어나리라! 그리고 당일 공부할 분량을 끝내기 전에는 잠을 자지 않겠다!'라는 목표를 세우고 공부를 하는데, 마음에서 우러나와서 공부를 해서인지 모르는 것을 알아 가는 게 그렇게 재미있을 수가 없었고, 하루하루 그렇게 생활하다 보니, 어느덧 방학이 끝날 때는 자연스럽게 목표를 달성할 수 있었다. 방학이 끝날 때 그 형이 한 말이 생각난다. "너는 도깨비냐? 거의 두 달 반 동안 네가 잠자는 걸 한 번도 못 봤다!" 그 말에 어깨가 으쓱해졌지만, 그보다는 내가 공부했던 책들을 바라보며, '이 안에 있는 게 모두 내 머릿속에 들어갔다는 거지?' 하며 아주 뿌듯해했다. 또 한 번 공부에 미친 건 군 생활 중 포병 교육대 조교 파견 생활할 때로, 그곳 생활에 어느 정도 적응되자 '세 달 동안 하루에 영어 단어 20개를 외우지 않으면 잠을 자지 않으리라!'라는 목표를 정한 후 무슨 일이 있어도 그걸 지켰다. 다음날 새로운 단어 20개를 다 외우고, 전날 외운 20개를 훑어본 다음, 흔한 말로 '죽어도 안 잊어버릴 것 같은' 단어는 그냥 놔두고 조금이라도 헷갈릴 것 같은 단어는 연필로 '✓' 표시를 해 놓은 후 머릿속에 완벽히 남을 때까지 외웠다. 또 다음날 새로운 단어 20개를 다 외우고, 전날까지의 소계 40개 중 헷갈릴 것 같은 단어에 한 번 더 연필로 '✓' 표시를 한 후 머릿속에 완벽히 남을 때까지 또다시 외우는데, 역시 새로운 걸 알아가는 재미가 미치도록 좋았다. 물론, 위기도 있었다. 군대는 명령에 죽고 사는 조직이다 보니, 만일 내 야간 불침번 근무 시간이 끝날 때까지도 당일 목표량을 못 외웠을 경우에 다음 불침번을 깨우지 않고 그 사람의 근무 시간에까지 공부를 할 때도 있었는데, 상급부서의 당직 사령관이 불쑥 검열을 올까 봐 조마조마했으며, 당직사관 중 한두 분은 그러지 못하게 하여 다음날 목표를 채우기 위해 좀 더 노력을 해야 하는 적도 많았다. 암튼 그렇게 세 달 정도 공부하다 보니 어느덧 약 1,800개 정도의 단어가 머릿속에 완벽히 자리를 잡은 까닭에 영어 교재들을 보는 게 무척 수월해져 그 뿌듯함은 이루 말할 수 없었다. 그때의 노력은 지방 사립대 출신인 내가 나중에 대기업에 입사할 수 있는 원동력이 되었고, 그때 외웠던 단어들 중 상당수가 아직도 기억에 많이 남아 있다. 정말이지 무언가를 미치도록 노력해 보았다는 것은 성공 여부를 떠나 자기 인생의 자산으로 남는 것이 분명하다. 물론 운도 따라야 성공하지만, 똑같은 운이 찾아왔을 때에는 더 노력을 했던 자가 성공하는 법이다.

바람의 미화

몇 년 전, 같이 근무하던 직원들과 저녁 회식 중에 여직원이 (어디서 들은 건지, 아님 실제로 바람을 피우는지는 모르겠지만) 아주 당당하게, "바람을 피우면 다른 데서 활력을 얻고 오는 것도 있고, 미안한 마음에 배우자에게 더 잘해 주게 되니 바람을 피울 필요가 있어요."라는 말을 하였다. 그 자리에 있던 다른 사람들은 그 여직원과 논쟁을 피하려는 목적에서인지는 몰라도 맞다고 동조하였지만, 나는 너무 기가 막혀 아무 말도 할 수가 없었다. 정말이지 그런 논리는(진짜 '놀리'는 '논리'이다), 아이에게 더 잘 해 주기 위해 며칠씩 방치해 놓는다거나, 식구들의 밥맛을 좋게 해 주려고 며칠씩 굶긴다는 것과 다름이 없는 것이다.

고통의 미화

첫사랑을 잊지 못하고 슬퍼하며, 10년 이상을 상실감과 우울함으로 고통스럽게 보냈던 적이 있었다. 물론 지금도 잊지 못하고 그리워하는 것은 사실이지만, 슬퍼하거나 우울해하는 정도는 아니다. 암튼 지금 생각해 보면, 내가 그런 세월을 보내는 동안, 난 나만의 세상에 빠져 나도 모르게 그걸 즐기던 면이 있었던 것 같다. 그 사람을 생각하며 슬픈 음악만 듣고, 담배를 뻑뻑 피워 대며 술을 마구 퍼마셔서 인사불성으로 취하고, 나는 이 혼탁한 시대에 얼마 되지 않는 순수한 사람으로, 사랑했던 사람과 이별하면 당연히 이렇게 해야 한다고, 남들이 잘 안 하는 걸 하는 대단한 사람이니 동정해 달라는 마음으로 슬픔과 고통을 분명히 즐기고 있었던 것이었다. 사랑에 실패하여 예전의 나처럼 고통스럽게 생활하는 분들에게 감히 조언한다. 어쩔 수 없이 사랑하던 사람과 헤어지면 나처럼 고통을 즐기지 말고, 좋은 기억들만 추억의 언저리에 묻어 둔 뒤 강물이 흘러가듯 사랑의 슬픔을 흘려보내기 바란다.

떠올리기조차 싫은 단어

뉴스에 많이 나오는 사건 중 하나가 바로 성범죄이다. '성폭행'. 입에 담기도, 떠올리는 것만으로도 끔찍한 단어이다. 가해자 본인은 잡히지 않을 것 같고, 잡히더라도 감옥에 가서 몇 년 숙식을 해결하고 나오면 된다고 생각하겠지만, 성폭행은 피해자에게도 평생 끔찍한 악몽으로 남을뿐더러, 당사자 한 명뿐 아니라 가족 구성원 모두가 눈감을 때까지 사라지지 않는 엄청난 피해를 주는 것임을 알아야 한다. 그런 거에 비추어 현실은 형벌이 너무 약해 길어야 징역 몇 년 수준밖에는 되지 않아 같은 남자끼리도 '법이 너무 약하다', '이런 XX들은 성기를 잘라 버리던지, 아니면 적어도 감옥에서 평생을 썩게 만들어야 한다.'고 이구동성으로 얘기한다. 가끔 해외 소식이 전해질 때, 미국 같은 경우는 그런 범죄를 저질렀을 때 징역 수십 년 또는 수백 년에 처하는 걸 보면 부럽기까지 하다. 처벌이 능사가 아니라 하지만, 그래도 법은 강해야 한다. 그리고, 혹시나 불행히도, 어쩔 수 없이 그런 피해를 당하게 된다면, 내가 여자가 아니라서가 아니라, 세상에 자기 목숨보다 중요한 건 없다는 걸 명심하고, 죽도록 힘들겠지만, 자책하지 말고, 다른 나쁜 생각도 하지 말고 굳건히 살아라. 부디 이겨내고 건강히 잘 살고, 잘 견뎌 내길 바란다. 성범죄를 저지르려하는 자들은 들으라. 절대 그런 범죄를 저지를 생각도 하지 말아라. 당신 어머니나 누나, 여동생이 그런 범죄의 피해자가 된다면 좋겠느냐!

당연한 건 입장마다 다르다

2000년대 초반쯤, TV 프로그램 '부부클리닉 사랑과 전쟁'에 나온 내용이다. 한 젊은 여성이 소매치기하다 잡혀 경찰서에 끌려와서 조사를 받던 중, 어느 형사가 예쁘장한 그녀에게 호감을 느끼고 만나다가 서로 사랑에 빠지게 되었고, 후에 여성의 가족에게 인사드리러 갔다 오기까지 했는데, 알고 보니 그 여성의 부모님은 도둑이고, 오빠는 흔한 말로 '깡패'였다. 어쨌거나 둘이 결혼을 한 후, 그 여성이 부모님에게 경찰 사위까지 맞이하였으니 다시는 도둑질을 하지 말라 하여, 장인은 경비 일인가를 하고, 장모는 파출부 생활을 하게 되는데, "사위를 잘 못 봐서 도둑질을 못 하니 이제 고생하며 살게 되었네!" 하고 그 부부가 사위 욕을 하는 것이었다. 당연히 형사가 옳은 사람이고 장인어른과 장모님이 나쁜 사람인데, 장인어른과 장모님이 볼 때는 사위가 나쁜 사람이 되어 버렸으니, 참 어이가 없는 노릇이었다. 한편, 그로부터 10여 년 정도 지나 화단에 수돗가를 만드는 공사를 업체에 맡긴 적이 있었는데, 위치와 넓이를 알려 주기 위해 내 딴에는 연필과 자를 이용하여 종이에 간단한 도면을 그려 주었고, 그분은 그걸 바탕으로 공사를 하였다. 공사가 다 끝났다고 하기에 확인을 하러 갔더니, 수돗가의 바닥 높이가 화단의 높이와 똑같아서 비가 조금이라도 오면 화단의 흙이 수돗가로 흘러 내려와 배수구가 막힐 것이 뻔했기에 내가 물었다. "수돗가의 경계가 10cm 이상은 높아야 되지 않아요?" "전 도면대로 공사한 건데요? 도면에 표시가 안 되어 있으니 제가 그걸 어떻게 알아요?" 난 공사하시는 분이라면 '당연히' 경계 부위를 조금이라도 높게 만들어 줄 것이라 생각했지만, 그분은 도면에 그런 표시가 없어서 '당연히' 경계선을 화단의 높이와 똑같이 만들었다는 것이다. "밥 먹으러 가자고 하면 '당연히' 반찬도 먹지, 꼭 '밥하고 반찬 먹으러 가자.'고 하나요?"라고 묻고 싶었지만, 시비를 거는 것 같아 그냥 좋게 부탁하여 잘 처리가 되었다. '외눈박이 나라에서는 두 눈을 가진 것이 비정상이다.'라는 말이 있듯이, 위의 두 가지 경우를 봐도, 당연한 건 입장마다 다를 수 있다는 것을 느꼈다.

사랑과 스토킹

자기가 좋아하는 사람이 수시로 전화를 해 주고 매일 집까지 바래다준다면 그보다 행복한 건 없겠지만, 만일 자기가 싫어하는 사람이 그렇게 한다면 그건 귀찮음을 넘어 그 자체가 공포일 것이다. 자기는 죽도록 좋아하지만, 상대방은 그렇지 않아 '싫다. 그렇게 하지 말라.'고 하는데도, 삐뚤어진 자존심과 소유욕을 '사랑'이라고 포장한 채 '열 번 찍어 안 넘어가는 나무 없다.'는 말만 믿고 그런 행동을 계속하다가 자기의 사랑이 받아들여지지 않으면 폭행을 하거나 심지어 살인까지 저지르는 사람도 있다. 좋아하는 마음을 표현하는 과정만 보면 아주 비슷해 보이니 사랑과 스토킹의 차이는 어찌 보면 종이 한 장 차이인 것 같으나, 그 종이 한 장 차이는 우주보다 더 큰 차이로, 그 차이는 바로 '상대방의 마음을 얻지 못한 것'이다. 그런 상태에서 조르듯이 계속 연락하고 기다리는 등의 행위는 스토킹이며, 그것은 바로 범죄이고, 더불어 그 결과는 파멸일 뿐이니, 즉시 포기하고 그 정성을 다른 곳에 쏟길 바란다. 그러고 보면, 인간관계는 참으로 어려운 것 같지만, 하지 말라고 하면 안 하는 것이 정답이다.

무슨 말을 못 하게 해?

내가 아주 어렸을 적의 어느 날, 어머니와 길을 걸으며 얘기를 할 때 어머니의 목소리가 큰 것 같아 다음과 같이 말했다. "엄마, 남들이 우리 얘기 다 들어요. 조그맣게 말해요.""괜찮아, 안 들어." 잠시 더 걸어가다가 어머니의 목소리가 조금이라도 커지려고 하면, 또다시, "엄마, 조그맣게 말하라니까요!""남들은 우리 얘기 안 듣는다니까?" 잠시 후 또 그런 과정이 되풀이되자 결국은 어머니께서 "너는 무슨 말을 못 하게 하냐?"라며 얼굴을 찌푸리며 말씀하셨다. '다른 사람들한테 다 들릴 것 같은데…'라고 생각했지만, 더 이상 말씀을 드리지는 못했다. 그로부터 30여 년이 훨씬 흐른 후 가족여행을 갔을 때, 내 딸아이가 내게 말했다. "쉿! 아빠 목소리가 너무 커요." "그래? 별로 크게 말하지 않았는데?" "아니에요. 많이 커서 다른 사람들이 다 듣겠어요." "남들은 우리 얘기 안 듣겠지만 좀 더 조그맣게 말할게." 잠시 후 딸은 다시 내게 "아빠! 목소리가 너무 크다니까요?" "안 큰데? 알았어." 또 그런 게 되풀이되자, "애! 내 목소리가 뭐가 그렇게 크다고 해? 그리고, 무슨 비밀 얘기도 아니고, 남들이 좀 들으면 어때? 애는 무슨 말을 못 하게 해?" 딸의 표정이 다소 시무룩해진 걸 보고 나서, 곧바로 방금 전에 얘기한, 나의 어린 시절에 내가 어머니한테 했던 행동이 생각났다. 그제야 현재 딸아이의 마음이 느껴져 내 목소리를 조그맣게 하려고 애를 썼고, 과거 그 당시 어머니의 마음이 어떠셨을지 생각이 나면서, '어머니가 그때 그 마음이셨구나. 얼마나 답답하시고 짜증이 나셨을까!' 하고 느껴졌다. 그땐 뭐가 그리도 창피했는지… 그런 걸 보면 역사는 되풀이된다는 게 맞는가 보다.

화를 돋우는 TV?

어렸을 때부터 만화책이나 TV 드라마 보는 것을 좋아하지는 않았지만, TV로 만화 보는 것은 참 좋아했었다. 겨울에 낚시 가게 장사가 안돼서 아버지가 일찍 퇴근해서 오셨을 때 내가 만화를 보고 있으면 당연히(?) 내게 묻지도 않고 채널을 돌리시다가 뉴스가 나오는 시간이면 그걸 보시면서 다른 사람과 대화를 하시는 것처럼 큰 소리로, "세상에 저런 나쁜 놈들이 있어? 저런 것들은 당장 사형시켜 버려야 돼!"라는 등의 말씀을 하시며 막 화를 내셨다. 그 모습을 보면서, '그렇게 화나게 만드는 걸 안 보시면 되지 굳이 왜 보시나?' 하고 참 의아하게 생각했고, 눈이 내릴 때 빼고는 그런 겨울이 참 싫었다. 그로부터 한참 후 '붕어빵'이라는, 아이의 시각으로 제시어를 내면 어른들이 맞추는 프로그램에서 어떤 어린이 출연자가 냈던 문제가 있었다. "우리 아빠는 이걸 보면 막 화를 내요." 성인 출연자들이 정답을 맞혔는지까지는 기억이 안 나지만, 정답은 '뉴스'였다. 그걸 보니 나의 어릴 적 뉴스를 보시던 아버지의 모습이 생각나면서, 그때는 몰랐는데 어른이 되어 나도 모르게 그런 행동을 똑같이 하고 있는 걸 보면, 이 또한 역사는 되풀이된다는 게 맞는가 보다.

세심과 소심

난 가끔 주변인들로부터 '세심하다'라는 말을 듣곤 하는데, 솔직히 말하면 그 말을 별로 좋아하지는 않는다. 왜냐하면, 내 생각이지만, '세심'과 '소심'은 종이 한 장 차이어서, 세심한 사람들은 대개 소심해진다고 보기 때문이다. 내가 하던 일을 비추어 봐도 그렇고, 단어의 뜻을 봐도 그렇다. 먼저 내가 하던 일을 비추어 보면, 학교 급식 재료 수주를 할 때, 예를 들어, 땅콩이라고 하면 땅콩 알인지, 땅콩 조각인지, 땅콩 가루인지, 생강은 깐 생강 인지, 간 생강 인지 등과 중량도 철저히 파악해야 하며, 또한 공장에 발주를 할 때에도 하나하나 차질 없이 해야 하기 때문에, 보통 꼼꼼히 하지 않으면 큰일이 벌어지기 십상이어서 바짝 주의를 기울이며 여러 번 반복해서 확인을 해야 한다. 다음으로 단어의 뜻을 네이버에서 검색해 보면, '세심하다'는 '작은 일에도 꼼꼼하게 주의를 기울여 빈틈이 없다.'라 나오고, '꼼꼼하다'는 '빈틈이 없이 차분하고 조심스럽다.'라고 나오며, '소심하다'는 '대담하지 못하고 조심성이 지나치게 많다.'로, 결국 '세심한 사람'은 '꼼꼼한 사람'으로, '꼼꼼한 사람'은 '소심한 사람'으로 흘러가는 것 같다. 인정하긴 싫지만, 주로 작은 것들을 보는 사람들한테는 작은 것만 보이고, 큰 걸 보는 사람은 큰 것만 보이는 게 당연하다고 생각한다. 앞에서 예를 든, 나처럼 아주 세심한 일을 해야 하는 사람과, 좋지 않은 예이지만, 하루에 수백~수천만 원의 접대를 하며 사업을 하는 사람의 통의 차이는 상당히 클 수밖에 없다. 그러고 보면, 사람은 자기가 하는 일에 따라 성격이 바뀌기도 하는 것 같다.

방귀-1

신혼부부들(막 동거를 시작한 사람들도 그렇겠지만)의 우스우면서도 무거운 고민거리 중의 하나가 아마 상대방이 있을 때 방귀가 마려우면 어떻게 해야 하나이리라. 대놓고 뀌자니 '뽀오옹~' 하는 소리도 창피하지만 지독한 냄새라도 나면 아주 민망해지기 때문에, 특히 여자분들은 아무 얘기 없이 화장실에 가서 뀌고 오는 경우가 있고, 그것조차 쑥스럽게 생각하는 사람은 배우자가 있을 때는 아예 참는다고 하는 사람도 있다. 그러나, 아예 참는 것은 원활한 신진대사를 막는 것이라 건강에 좋지 않으며, 아시다시피 방귀는 자연스러운 신체 활동이므로 부끄러워할 것도 없다. 지극히 개인적인 것이므로 어떤 방법이 가장 좋다고 가타부타할 수는 없지만, 배우자 앞에서 너무 대놓고 '북북' 뀌거나 소리가 안 나더라도 냄새를 피우면 매력이 다소 떨어지는 건 사실이다. 결론은, 참조만 하시고 알아서 뀌시라. 그리고 뭐든 처음이 어렵다고, 방귀 트는(?) 것도 처음이나 어렵지, 일단 한번 트고 나면 마음대로 뀔 수 있는 자유가 생기지만, 거기에는 크나큰 용기가 필요하다.

방귀-2

큰아이가 네 살 때, 유치원 등원 준비를 시키던 중 생긴 일이었다. 내가 뭘 그렇게 몸에 좋은 걸, 그리고 얼마나 먹었는지는 몰라도, 아이 옷을 입히는 도중 방귀가 마려웠다. 원래 하던 대로라면 아이를 잠깐 두고 다른 방에 가서 뀌고 오겠지만, 그날따라 시간에 쫓겨 아이를 보내고 나서 처리(?)하려고 힘들게 참고 있던 중이었다. 그러다가 아이의 바지를 입히기 위해 쪼그려 앉는 순간 억지로 참고 있던 방귀가 나의 의지와는 전혀 상관없이 '슈욱~' 하고 나와 버렸다. 순간 아이에게 좋지 않은 냄새를 풍기게 된 게 미안해서 얼굴을 쳐다보니 처음에는 별 반응이 없다가, 조금 지나자 갑자기 아이의 얼굴이 심하게 일그러지더니 "우왕~! 우왕~!" 하며 대성통곡을 했다. '냄새가 얼마나 지독하고 괴로웠으면 말로 표현할 새도 없이 저렇게 크게 울까?' 하며 아이에게 미안한 마음이 컸지만, 아이의 표정과 펑펑 우는 모습이 너무 웃겨서 혼자 박장대소를 하는 아이를 꼭 안아 주면서, "미안해, 아빠가 미안해. 아빠가 참으려고 했는데, 나도 모르게 그렇게 됐어. 미안해!" 하고 달래 주던 장면이 아직도 생각이 난다.

방귀-3

젊었을 때는 방귀가 마려우면, 먼저 주변을 살피며 사람들이 확실히 주위에 없는 것을 확인하고 나서야 방귀를 뀐다. 그러다가 나이를 먹을수록 창피함이 다소 무뎌지는 탓인지 경계심도 약해져서, 먼저 뀌고 나서 주변을 둘러보게 되어, 주변에 사람이 있었는데도 방귀를 뀐 것이면 '아차!' 하고 민망해지는 경우가 생기기 시작한다. 그 시기를 지나면 서서히 그곳(?)까지 근육의 힘이 빠져 자기도 모르게 몸을 움직일 때마다 가스가 분출되기도 한다. 처음에는 부끄러움이 극에 달하여 어쩔 줄을 모르지만, 그런 일이 잦아지면 민망함이 덜 해진다. 그러다가 그 시기마저 지나면 어차피 조절이 잘 안 되니까 방귀가 마려울 때 그냥 뀌고 주변도 둘러보지도 않게 된다. 그런데 나이뿐만 아니라 환경이나 직업, 또는 자신감에 따라서 그게 달라지는 경우가 있는데, 어느 TV 토크쇼에서, 출연자는 정확히 기억이 안 나지만, 진행자가 배우에게 세계적인 거장 ○ ○ ○ 감독과 작업했던 소감을 묻자, 그가 웃으며 다음과 같이 말한 게 기억이 난다. "감독님은 역시 세계적인 거장이십니다." 그 얘기를 들은 진행자가 궁금해하면서 왜 그렇게 생각하느냐고 묻자, 그 배우는 "세계적인 거장답게 아무 때나 방귀를 '빵!' 하고 크게 뀌십니다! 처음에는 그게 무슨 소리인지 몰랐는데 나중에 알고 보니 감독님의 방귀 소리였습니다. 역시 거장들은 주위를 신경 쓰지 않고 일에 집중하시더라고요." 예상하지 못했던 대답이라 모두들 '빵' 터졌다. 나도 웃고 나서 그 이유에 대해 생각을 해 봤다. 물론 그 배우의 말대로, 감독님이 작업장에서 어느 정도 위치에 있고 세계적으로 성공한 분이라 그럴 수도 있겠지만, 좀 더 생각해 보면 작업환경 때문에 그럴 수도 있을 것 같다. 왜냐하면, 다들 촬영에 집중하고 있는데 방귀가 마렵다고 "잠깐!" 하고 그때마다 자리를 비울 순 없는 일이 아닌가?

그분이라고 자기의 방귀가 신경 쓰이지 않겠으랴! 작품에 집중하기 위해서, 더 좋은 작품을 만들기 위해 그럴 수밖에 없는 그분의 고충이 느껴진다.

성형수술에 대한 생각

약 10~20년 전쯤만 해도 성형수술을 받은 사람들을 보면, 뒤에서 '인조인간'이네 뭐네 하고 수군거리는 사람들 때문에, 어떤 연예인은 전부터 앓던 우울증도 있었지만 그런 수군거림에 대한 충격으로 자살한 일도 있다. 암튼, 성형수술에 대한 나의 생각을 한마디로 정리하면 다음과 같다. 자기 신체의 어느 부위 때문에 스트레스를 많이 받고 위축이 된다면 성형수술을 받아 자신감을 갖고 자아의 재발견을 하는 게 낫다. 단, 작고하신 그분한테는 죄송하지만, 방송에도 여러 번 나온 'ㅇㅇ기 아줌마'라 불리던 분처럼 되면 성형중독이 되면 절대 안 되고, 그렇지 않은 범위 내에서 성형수술을 받기를 바란다.

동성연애에 대한 생각

솔직히 말하자면, 아주 오래전엔, 동성연애자들은 모두 이상한 사람들이라는 인식이 있었으나, 차츰 그런 생각은 고정관념에 사로잡힌 잘못된 것이라는 걸 느끼게 되었다. 그 이유는 잠시 뒤로 하고, 연쇄 살인마들 중의 일부는 어렸을 때 동네 아저씨나 동네 형들로부터 강제로 그 짓(?)을 당해 성격이 이상해지고 매우 난폭해져서, 자기보다 약한 사람들을 대상으로 연쇄살인을 하게 되었다는 그런 보도를 접한 적이 있다. 그 가해자들은 장난 또는 자기의 욕구를 해소하기 위해 그런 행동을 한 것이지만, 결국 그런 행동이 한 사람의 인생을 파괴한 것일 뿐 아니라, 일부 사회 구성원들의 목숨까지 앗아가고, 사회 질서를 흔들어 버리게 된 결과를 초래한 것이다. 다시 본론으로 돌아와서, 나의 동성연애자들에 대한 인식이 바뀌게 된 이유는, 나이를 먹으며 인간의 다양성을 접하다 보니 내 생각은 이런데 다른 사람들은 그렇지 않은 경우가 비일비재하듯, 동성연애 또한 나쁜 것이나 틀린 것이 아닌 남들과 다른, 일반적이지 않은 성적 취향일 뿐이라는 생각이 들었기 때문이다. 다만, 상대방의 동의를 구하지 않고 억지로 하려 하면 상대방에게 평생 나쁜 기억을 남기게 되거나, 방금 얘기한 연쇄살인범 양산 같은 심각한 부작용을 발생시킬 수도 있다는 것을 명심하라. 어떤 문제이든, 도덕적으로나 법적으로 문제가 되지 않는다면, 나와 다르거나 일반적인 것이 아니라는 이유로 틀린 것이라 하지 말고, 다른 것임을 인정해 줘야 하고, 그런 걸 인정해 주는 사회야말로 공정한 사회라는 생각이 든다.

남녀의 차이

몇 년 전의 어느 날, 당시 나보다 한참 연세가 많으신 60세가 훨씬 넘은 여성분이 다른 때와는 달리 화사한 옷을 입고 지나가시는 걸 보고 기분을 좋게 해 드리려고, "안녕하세요? 예쁘게 차려입고 어디 가세요?"라고 물었더니, 곧바로 그분은 얼굴을 찌푸리며 큰 목소리로, "남이사 어디 가든 말든 그걸 왜 물어봐요?" "아니에요. 다녀오세요…" 며칠간 그분이 내게 왜 그렇게 화를 냈는지 생각해 봤지만 도저히 알 길이 없었다. 그 일을 새까맣게 잊고 지내다가 몇 년 뒤 비슷한 일이 일어났다. 아파트 승강기에서 많이 마주쳐 서로 인사를 하는 사이인, 층수는 다르지만 같은 라인에 사는 여성분과 같은 승강기를 타고 주차장으로 내려갈 때, 그분 역시 옷을 예쁘게 입으셨기에 "안녕하세요? 그렇게 예쁘게 입고 어디 가세요?"라고 했더니, "그걸 왜 물어보세요?"라고 하며 얼굴을 찡그렸다. 바로 그때 예전의 그 일이 떠올랐고, 그 두 일을 경험 후 추측건대, 나는 그분들이 옷을 잘 입으셨다고 칭찬하는 의미에서 '예쁘게 차려입고'에 중점을 두어 그렇게 말한 건데, 그분들은 '어디가'에 중점을 두어서 '왜 내가 어디 가는지 그런 것까지 묻나?'는 식으로 해석한 것 같아, 나중에 친구들에게 물어보니 내 말이 맞는 것 같다 했다. 그제야 '화성에서 온 남자 금성에서 온 여자'라는 책의 제목이 생각났다. 아직 읽어 보진 않았지만, 그만큼 남자와 여자는 큰 차이가 있다는 얘기가 적혀 있지 않을까 한다. 나도 결혼생활을 해 보니, 남자와 여자는 근본적으로 DNA 자체가 다르다고 느낄 정도의 차이가 있음을 알게 되었다. 그 차이를 따지자는 것은 아니고, 그 차이를 이해하고 인정하자고 하는 얘기다. 그런데, 가장 중요한 건 '손바닥도 마주쳐야 소리가 난다.'는 속담이 있듯이 한쪽만 노력해서는 효과가 없다. 노년이 되어서까지 금슬 좋은 부부는 서로를 위해 주는 사람들이지, 일방만 잘해서는 나중에 지치고 사이가 멀어지기 마련임을 명심하기 바란다.

남녀 간에 누가 더?

한창 성(性)에 대한 호기심이 많았던 시절, 친구들과 이야기를 나누던 중에 누군가가 얘기를 꺼냈다. "성관계할 때 남자가 더 좋을까, 아니면 여자가 더 좋을까?" 그런 느낌은 사람마다 다를 수 있고, 한 사람이 남자와 여자의 느낌을 모두 느낄 수는 없으며, 또한 말로 정확히 표현할 수도 없지 않느냐 등등의 얘기가 나오던 중 한 명이 이러한 얘기를 했다. "코를 후비면 콧구멍이 시원하냐, 손가락이 시원하냐? 당연히 콧구멍이 시원하지? 그걸 보면 여자가 기분이 더 좋을 거야!" 그 말을 듣고 우리는 배꼽이 빠질 듯이, 그리고 눈물이 날 정도로 한참 웃었다. 잠시 후 다시 의문이 생겼다. "근데, 콧구멍과 손가락에는 성감대가 없잖아?" "그건 그렇네…" 결국, 우리는 그 질문에 대한 답은 못 내리는 것으로 결론을 내렸다.

배우자의 허락(?) 유도 방법

친구 중에 배우자와 잠자리하는 것을 너무 좋아해서, 적어도 1주일에 1번씩은 관계를 해야 하는 친구가 있다. 그걸 아는 친구들이 그 친구에게, "너는 집사람이 싫다고 하면 어떻게 하냐? 난 달려들었다가(?) 거절당하면 자존심이 상해서 바로 접어 버리고(?) 한동안 그런 얘기 안 하는데?" 그러자, 그 친구가 자기에게는 단계별로 방법이 있다 하며 자랑스럽게 얘기를 하기 시작했다. "처음엔 나도 그랬지. 내가 무슨 구걸하는 것처럼 수치스럽게 느껴져서, '에이 씨!' 하고 밖으로 나가서 담배를 피우거나 술을 마시고 집으로 들어갔지. 근데, 가만히 생각해 보니까 나만 손해더라고? 난 그렇게 고통스러운 시간을 보내다 왔는데도 집사람은 아무 일 없었다는 듯이 잠만 쿨쿨·잘 자고 있잖아? 약이 오르더라고. 그래서 생각해 냈지. 내가 거절당하면 집사람도 잠을 편히 못 자게 괜히 방문을 세게 열었다 닫으며 왔다 갔다 하고, 침대에 콱 앉았다가 벌떡 일어나서 왔다 갔다 하고, 한참 동안 이런 식으로 여러 번 하고 있으니, 어차피 자기도 응대(?)를 해 주기 전까지는 못 잘 것 같으니까 허락을 해 주더라고!" 그 얘기를 듣고, 우리가 한참을 웃어대고 있던 차에 다시 그 친구가 말했다. "그런

데, 이것도 내성이 생겼는지, 어느 날부터는 또 응대를 안 해 주더라고? 그래서 또 생각해 낸 게, 거절을 당한 후에 안방 발코니 창문을 열고 아무 소리 없이 깜깜한 밖을 한참 쳐다보고 있으니, 쓱 와서는 나를 잡아당기더라. 내가 불쌍해 보였는지, 아님 뛰어내릴 것 같아 걱정이 되었는지는 몰라도. 암튼 니들도 해 봐!"
"야, 이그. 치사해서 안 하고 만다!" "안 하면 너만 손해지! 어떤 사람은 '한 번 굶은 한 끼 식사는 내 인생에 다시 돌아오지 않는다.'라는 생각으로 밥을 꼭 챙겨 먹는 사람이 있던데, 나는 '한 끼 밥은 굶어도 한 번 못한 잠자리는 다시는 돌아오지 않는다.'라는 신념으로 산다." 모두가 "하하하하 하하하~" 하고 '빵' 터졌다. 말이 나온 김에, 남녀를 떠나서 잠자리가 귀찮고 힘들더라도 상대방이 원한다면(물론 하루에 열두 번 등의 터무니없는 횟수 빼고) '이것도 집안일이다.'라고 생각하고 응대를 해 주었으면 한다. 비유는 좀 다르겠지만, 잠자리를 하고 싶지 않은 사람을 '배부른 자'라 치고, 잠자리를 하고 싶은 사람을 '배고픈 자'라고 치면, 배부른 사람이 밥 한 숟가락 더 먹는 것도 곤욕이겠지만, 배고픈 사람은 그 한 숟가락 때문에 살 수 있으니, 배부른 사람이 배고픈 사람에게 은혜(?)를 베푸심이 어떨까 한다.

초보운전 시 유의 사항

지금은 거의 모든 승용차가 '오토 차량'이라고 불리는, 기어를 'D'에 놓으면 속도에 맞춰 자동으로 기어가 조작되는 자동차들이지만, 내가 처음으로 자가용을 사서 운전하던 시절에는 거의 모두 '스틱 차량'이라고 불리는, 운전자가 직접 기어 봉을 속도에 맞게 1~5단까지 조작하며 운전해야 하는 자동차들뿐이었다. 그런 스틱 차량으로 차량과 신호등이 많은 시내에서나 특히 휴가철에 차량이 너무 밀려 가다 서다를 반복할 때에는 왼쪽 발바닥이 많이 아파 오고 오른쪽 발목엔 쥐가 날 지경이었으며, 특히 오르막길에서 잠시 멈췄다가 다시 출발해야 하는 곳을 만나면 차가 뒤로 밀려 뒤차를 충돌할까 봐 잔뜩 긴장을 할 수밖에 없었다. 그건 그렇고, 다음은 초보운전 시 내가 겪었던 사건들로, 이 글을 읽는 분들 중에 초보운전자가 있다면 주의 깊게 읽어 주시기 바란다. 하나는, 지금은 방송이나 인터넷을 통해 '우회전 시 일시 정지'(위반하면 소위 '딱지'라고 하는 범칙금이나 벌점을 받는다)를 다들 알고 있겠지만, 당시엔 그런 법도 없었고, 직진 신호가 켜지면 우측의 보행자 신호도 동시에 켜진다는 것을 딱히 알려 주는 사람도 없어 난 그 사실을 모르고 있었다. 운전을 시작하고 며칠 동안, 차량 직진 신호를 받고 우회전을 하면 횡단보도에 초록불이 들어와 사람들이 건널 때까지 기다리는 일이 많았기에, 어느 날은 직진 신호가 켜지자마자 횡단보도의 초록불이 켜지기 전에 지나가 보려고 최대한 속도를 높여 우회전을 하는 데도 횡단보도의 초록 불을 피하긴 커녕 오히려 사고만 낼 뻔했다. 그제야 그 둘의 상관관계(직진 신호가 켜지면 우측 횡단보도 신호가 함께 켜지는 것, 당시엔 대각선형 횡단보도가 없었다)를 깨달았고, 한두 번 정도 경험해 보면 웬만한 상관관계를 누구보다도 잘 파악하던 내가 아주 어리석게도 그걸 알아채지 못했다는 걸 느끼고는 실소하며 자책한 적이 있었다. 다른 사건은, 백미러를 보며 후진하는 게 자신이 없으면 머리를 차창 밖으로 내밀고 뒤를 보면서 후진을 하는 게 낫다는 걸 듣고 나서는 주차장에 주차할 때에는 항상 그런 방법으로 주차를 했었는데, 그러던 어느 날, 후진 주차를 하기 위해 유리창 하향 버튼을 누른 후 머리를 차창 밖으로 내밀던 순간 갑자기 '퍽!' 하는 소리와 함께 왼쪽 눈에 불빛이 번쩍하더니 왼쪽 이마와 얼굴이 아파 왔다. 후진에 너무 신경 쓴 나머지 유리가 다 내려가지도 않은 상태에서 머리를 밖으로 내밀려다가 그만 유리창에 박치기를 한 것이었다. 그 반대인 경우도 있었다. 차창 밖으로 머리를 내밀고 후진 주차를 한 뒤 어리석게도 머리를 완전히 빼기도 전에 유리창 상향 버튼을 눌러 차 유리에 얼굴이 끼일 뻔한 적도 있었다. 그리고, 또 다른 사건은, 운전하며 담배를 피우던 그 시절, 운전석의 계기판 앞에 담배와 라이터를 놓아두고 운전하다가 하필 커브길에 접어들어 핸들을 커브 방향으로 돌린 상태에서 아무 생각 없이 담배를 집으려 핸들의 빈 공간 사이에 손을 넣자마자 평지 길이 나와, 다시 핸들을 바퀴와 평행한 방향으로 돌리려 하는데 핸들 사이에 낀 내 손 때문에 핸들을 바로 돌리지 못해 큰일 날 뻔한 적이 있었다. 위의 사건들은 초보 시절에 행했던 나의 어리석은 일들로, 독자분들께서는 나와 같이 잘못된 행동들을 하지 마시고 안전 운전하시라는 차원에서 창피를 무릅쓰고 말씀드리는 바이다. 참고로, 마시고 난 캔이나 병이 차 바닥에 떨어져 굴러다니다가 브레이크나 가속 페달에 끼어 사고가 나는 경우도 있다 하니, 그 점도 꼭 주의하시기 바란다.

운전과 인생사 공통점-1

'방심은 금물이고, 규칙을 준수하라.' 걸음마를 처음 배울 때(당연히 기억은 안 나겠지만)와 자전거를 처음 배울 때에는 앞으로 조금 나아가는 것도 많이 힘겨워한다. 주로 걸음마는 집에서, 자전거는 운동장에서 배우므로, 사고가 나면 안 되겠지만, 만일 사고가 나도 주로 자기가 다치는 것으로 끝이 나지만, 운전은 다른 사람의 차량이나 재물, 심지어 타인의 신체나 목숨을 손상시킬 수도 있다는 우려로 더욱더 두렵기 때문에 처음 운전을 배울 때에는 핸들을 두 손으로 있는 힘껏 꽉 잡고, 허리는 등받이에 제대로 기대지도 못한 채 핸들 쪽으로 가까이 한 상태에서 목은 기린을 뺨칠 정도로 쭉 빼서 앞을 관찰한다. 룸 미러와 사이드 미러들뿐만 아니라 좌우도 보고 해야 되는데, 고개를 돌릴 생각은 아예 하지도 못하고 오로지 앞만 본다. 누구나 그렇다. 그러다가 운전 경력이 붙으면 이제는 운전을 하면서 딴짓을 하기 시작한다. 그렇게 한다는 건 지나친 자신감, 즉, 자만으로 인해 방심을 한다는 것이다. '나는 이 정도면 운전을 잘하니까 이 정도는 해도 돼.'라고 하는 순간부터 그 사람은 이미 사고가 날 확률이 높아진다. 주의 깊게 보지도 않고 가면서 '이 정도는 빠져나갈 수 있지.' 하던가, 아니면 주변을 잘 살피지 않아 접촉 사고를 내는 것이다. 아시다시피 자동차 사고 원인의 대부분은 안전거리 미확보와 전방주시 태만으로, 그래서 도로교통법에도 그걸 하지 말라고 명시되어 있는 것이다. 인생도 마찬가지이다. 방심을 하다 보면 큰코다

친다. 예를 들어서, 횡단보도에 보행신호가 들어온 걸 보고 핸드폰만 보며 길을 건너다가 우회전 차량이나 신호위반 차량에 치이든지, 역시 핸드폰만 보고 길을 걸어가다가 넘어지거나 맨홀 같은 곳에 빠져 크게 다치거나 사망하는 사고를 뉴스를 통해 종종 접하게 된다. 뭐든 방심을 하지 말고, 규칙을 준수해서 사고가 일어나지 않도록 주의를 기울여야 한다.

운전과 인생사 공통점-2

'보이지 않는 길은 가지 말라.' 방금 얘기한 안전거리 미확보나 전방주시 태만을 제외하고 운전 중 사고가 많이 나는 원인 중의 하나가, 시야 확보가 되지 않았는데도 계속 주행을 하는 것이다. 예를 들어 안개가 많이 끼어있거나 비가 많이 오고 있어 시야가 흐린 상태이거나, 높은 곳에서 낮은 곳으로 내려가기 직전, 아니면 급 커브길 등의 장소 등을 운전할 때 앞이 잘 보이지 않는데도 불구하고 감속을 하지 않아 앞의 차나 무언가를 들이박는 경우가 있다. 그러한 환경에서는 앞에 무언가 있으면 바로 정차해도 부딪치지 않을 속도로 서행해야 하는데 그렇게 하지 않아 사고가 나는 것이다. 인생도 마찬가지이다. 자기가 하는 행동 중에서 앞이 보이지 않는데도 계속 나아가는 것만큼 위험한 일이 또 어디 있으랴! 길을 걸을 때는 물론이고, 인생을 살아감에 있어, 앞이 보이지 않을 땐 여유를 갖고 생활하고, 또한 무턱대고 대충대충, 또는 아무 목적 없이 살지 말고 목표와 계획을 잘 세운 뒤 실행하여 헛된 인생을 살지 않기를 바란다.

운전과 인생사 공통점-3

'상대방도 자기와 같다고 생각하지 말라.' 신호를 잘 지켜도 가끔 사고를 당하는 경우가 있다. 분명히 자기 신호에 출발했는데도 갑자기 다른 차에 들이받히는 것이다. 그 이유는 자기가 신호위반을 할 생각을 못 하니까 남들도 그러리라고 철석같이 믿고 있기 때문이다. 이는 자기의 잘못이 아닌 경험 부족 때문인데, 경험 부족이라고 군이 일부러 경험을 할 필요는 없고, 이런 걸 꼭 알아두어서 운전할 때 자기 신호만 철저히 지키는 것에서 끝나는 게 아니라, 자기 신호등이 들어왔을 때 신호 위반하는 차량이 있을 수 있다고 생각하고, 왼쪽과 오른쪽, 앞도 멀리 한번 잘 살펴

보고 아무것도 없음을 확인한 후 출발해서 절대로 사고를 당하는 일이 없어야 한다. 인생사도 마찬가지이다. 특히 사기 피해가 그렇다. 자기가 남에게 사기를 칠 생각을 해 본 적이 없으니, 상대방이 자기에게 하는 것이 사기라는 것은 상상할 수도 없는 일이므로 그런 사람에게 속아서 고스란히 피해를 입는 것이다. 실로 어처구니가 없고 말도 안 되는 일이다. 그런 피해를 당하지 않으려면, 누군가 어떤 부탁이나 제의를 할 때, 자기 기준으로만 생각하지 말고, 여러 사람들에게 물어본 후 다양한 각도로 생각을 해서 피해를 입지 않기를 바란다. 부끄러운 얘기지만, 나도 주변 사람들에게 물어보지 않은 채 한 동창 녀석의 깡통(?) 사업장을 인수해서 사기를 크게 당한 경험이 있어 그걸 바탕으로 이런 얘기를 하는 것이다.

운전과 인생사 공통점-4

'내로남불'. 운전을 하다 보면 좌우로 계속 끼어들고 심지어는 '칼치기(자동차와 자동차 사이를 아주 빠르게 추월하는 것, 출처: 네이버)'를 하는 운전자들이 있다. 얼마나 급한 일이 있는지는 모르겠지만(실제로는 그리 급한 일도 없을 게다), 아무리 바쁘더라도 '칼치기'를 하면 사고가 날 확률이 굉장히 높다. 양보를 잘하는 나도 종종 끼어들기를 할 때도 있지만, 끼어들기를 할 때에도 정도가 있는 법이다. 내가 겪어본 바로는 끼어들기를 잘하는 사람들 대부분의 공통점은, 자기들이 그렇게 끼어드는 것은 당연한 거지만 남이 끼어드는 것은 용납을 하지 못해 경적을 울림과 동시에 상향등을 계속 번쩍거리면서 양보를 하지 않는다. 행여 그 상태에서 누군가가 끼어들면, 욕지거리를 하거나 심지어 폭력을 행사하기도 한다. 이게 바로 '내로남불'이다. '내가 바람을 피우면 로맨스고, 남이 그런 행동을 하면 불륜!'이라고 손가락질하며 비난하는 것과 무엇이 다른가? 이것도 아주 못된 심보이지만, 자기는 바람을 피우면서 배우자가 바람을 피우는 것에 분노해서 살인을 하는 경우도 종종 뉴스에 나오곤 하는데, 이건 도저히 말이 안 되는, 있어서도 안 되고, 있을 수도 없는 일이다.

운전과 인생사 공통점-5

'뭐가 있겠어?'. 차량이 많이 주차되어 있는 골목길이나, 도로

들이 합류하는 지점, 어두운 곳이나 커브길 등을 주행할 때, '에이, 뭐가 있겠어?' 하며 그냥 마구 달리는 차량들이 있다. 이것 또한 엄청나게 위험한 행동이다. 예를 들어, 골목길을 주행할 때 주차된 차량 사이에서 언제 아이들이 튀어나올지 모르는데 마구 달리다가는 사고가 나기 십상이므로, '뭐가 있겠지!' 하고 방어 운전하며 서행하는 것이 사고도 예방하고 훨씬 안전한 일이다. 인생사도 마찬가지이다. '뭐가 있겠어?'가 아닌 '뭐가 있겠지!'라는 생각으로 위험을 예측하는 자세를 가지고 생활하기 바란다.

운전과 인생사 공통점-6

'할까 말까 하는 일'. 운전을 하다 보면 주·정차된 차량이나 어떤 물건들 때문에 바로 좌회전이나 우회전을 할 경우 내 차가 그런 것들에 부딪치지 않고 지나갈 수 있을까, 없을까 고민되는 때가 있었을 것이다. 그럴 때에는 그냥 가지 말고 후진했다가 다시 가는 게 좋다. 왜냐하면 그냥 주행했다가 별일이 없으면 다행이지만, 행여 상대방의 차에 닿아 버리면 물어 줘야 하기 때문에 돈이 들어가고 시간도 더 허비되기 때문이다. 인생도 그렇다. 할까 말까 하는 일과, 흔한 말로 아리까리(알쏭달쏭)한, 헷갈리거나 경계선상에 있는 일은 대부분 하지 않는 게 좋은 경우가 많으니, 설령 그런 일을 하게 되더라도 그냥 막 하지 말고, 차를 후진했다가 방향을 조정한 후 다시 주행하듯 좀 더 신중한 판단 후에 확실하게 '해야 되겠다!'라고 판단되는 일만 하길 바란다.

운전과 인생사 공통점-7

'포기해야 할 때는 포기하라.' 뉴스를 보다 보면, 편의점이나 커피숍 등에서 무언가를 사 오거나 다른 볼일을 보기 위하여 잠시 정차해 놓은 상태에서 깜빡하고 브레이크를 채워 놓지 않고 내린 후 차가 움직이자 너무 당황한 나머지 차가 굴러가는 방향으로 가서 몸으로 막는 경우가 종종 나온다. 차에 손상이 갈까 봐, 또는 다른 물건이나 사람에게 피해를 끼칠까 싶어 급한 마음에 다른 생각할 겨를도 없이 본능적으로 하는 행동이겠지만, 결과는 범퍼에 부딪쳐 뼈가 부러지거나 차에 깔려 사망하는 경우가 태반이다. 실제로, 본인도 초보운전 시절에 그런 적이 있었는데, 다행히도 경사가 급하지 않아 차를 멈출 수 있었지만, 나중에 그런 뉴스를 접하다 보니 그게 얼마나 위험한 것인지 알게 되었다. 그런 일이 발생하지 않게 철저히 주의하는 게 상책이지만, 만일 불가 피하게 그런 경우가 생긴다면, 차라리 자기 차를 포기하고 주변 에 위험을 적극적으로 알리는 게 훨씬 나은 방법이다. 인생사도 마찬가지다. 목표를 이루기 위하여 꾸준히 노력하는 것도 좋지 만, 될 가능성이 전혀 없는 것을 포기하지 못하고 계속 붙들고 있 지 말고 차선의 방법을 찾기를 권장한다.

기억의 왜곡

아주 오래 전의 어느 날 차를 몰고 집으로 오던 중의 일이었다. 직선 도로에서 1차선으로 주행 중 내 뒤쪽 2차선에서 운전하던 차가 갑자기 내 차 앞으로 끼어들어 사고가 나고 말았다. 차에서 내려 상대방 차주에게 "많이 안 다치셨어요?"라고 물었더니, 상 대방 차주인 약간 젊은 여성분이 오히려 내게 "그렇게 갑자기 끼 어들면 어떡해요?" 하시는 것이었다(당시만 해도 블랙박스가 아 예 없던 시절이었다). 어차피 사고가 난 상태에서 왈가왈부하기 가 싫어 더 이상 말을 하지 않고 차들이 부딪쳐 있는 상태의 사진을 찍은 다음 보험 회사에 사고 접수하였더니 곧바로 보험사 직원이 도착했다. 그에게 자초지종을 얘기하였더니, 그는 "누가 봐도 이건 상대방이 끼어들어 사고가 난 것이니 신경 쓰지 마세요."라고 한 후 스프레이로 사고 현장 표시를 하고 나서 각각 헤어졌다. 집에 오는 내내 내가 끼어들었다고 말하시는 그분의 진지한 표정이 생각났고, 아무리 생각해도 일부러 거짓말하는 것 같지는 않았다. 순간 전에 어디선가 접했던 내용이 생각났다. 사람이 굉장히 당황하고 겁을 먹거나 충격을 받으면, 뇌가 순간적으로 그 기억을 저장하지 않거나 자기에게 유리한 쪽으로 기억을 왜곡시킨다더니 실제로 그분이 그런 경우인 것 같았다. 인체의 신비 중의 하나이다.

한국 인심 변천사

어렸을 적 TV에서 보았던 '전설의 고향'을 떠올리면 무서운 귀신도 빼놓을 수가 없지만, 과거시험을 보러 가는 선비가 어둑어둑해질 때쯤 고개를 넘어가기 전에 숙식을 해결하기 위하여 주막에 들어가면, 그 주인이 꼭 "천천히 식사하시고, 여기서 묵다가 고개를 넘어가는 사람 10명이 모이면 그때 가세요."라고 하던 게 기억이 난다. 그때는 단순히 여러 명이 올라가면 덜 무서워서 좋으리라는 생각밖에 안 들었지만, 나이 들어 생각해 보니 다른 이유도 있는 것 같다. 2011년에 개봉한 영화 '티끌 모아 로맨스'라는 영화를 보면, "아프리카 영양에게 제일 중요한 건 치타보다 빨리 뛰는 게 아니라, 다른 영양보다 더 빨리 뛰는 거야."라는 대사가 나온다. 맞다. '동물의 왕국'에서 보듯이, 힘이 약한 초식동물이나 먹이사슬 하단에 있는 정어리 같은 어류가 떼로 모여 다니는 건 뭉쳐 있으니 적에게 더 크게 보일 뿐 아니라 다른 녀석들이 잡아먹힐 수도 있기 때문이기도 한 것이다. 이를 위의 '전설의 고향' 이야기에 접목해 보면, 10명 이상이 모여 고개를 넘어가니 호랑이가 습격하기 쉽지 않으며, 제일 느린 사람보다 한 발짝이라도 빠르면 호랑이에게 잡아먹히지 않는다는 결론이 나온다. 아무튼, 어떤 이유이건 간에, 그 시절에는 민가가 드문드문 있고, 인구도 적은 시절이어서 특히 초행길에 사람을 만나는 것이 아주 반가웠을 것이며, 그래서 인심도 아주 좋았던 것 같다. 그에 반해 요즘은 날이 갈수록 길에 지나다니는 사람들도 많아지는 까닭에, 어깨를 부딪치거나 담배를 피우면서 지나가는 사람들로 인해 얼굴이 찌푸려지고, 또한 눈이 정면으로 마주칠 때 서로 불미스러운 일이 생기기도 한다. 그런데다가 아파트들이 많이 생기면서, 옛날 같으면 아주 가까운 사이인 옆집, 윗집 사람들과 인사도 안 하고 지나치게 될 뿐만 아니라 층간소음으로 인한 갈등이 큰 사고로 이어지기도 한다. 게다가, 차량들까지 많아져 2023년 말 기준으로 자동차 누적 등록 대수가 2,500만 대를 돌파하여 주차 문제 또는 도로에서 경적을 울리거나 무리한 끼어들기로 시비가 붙어 '로드 레이지'라는 보복 운전과 난폭운전으로 인해 큰 싸움이나 사고로 이어지기도 한다. 한마디로 발에 밟힐 정도로 인구가 폭발적으로 증가한 것이 인심이 나빠진 계기가 된 것이다.

숫자 단위에 숨겨진 힘의 논리

입사 후 한동안 업무적으로 많이 힘들었던 것 중의 하나가 숫자의 단위였다. 금융권 같은 곳에서 큰 숫자를 많이 접해 본 사람들은 전혀 상관이 없겠지만, 예를 들어, '단위 : 천 원'이라고 해놓고 '1,000'을 적어 놓은 걸 당시 막 입사한 내가 '1천 원'(그 기준대로는 1백만 원)으로 읽어 상사에게 혼나곤 했다. 그럴 때마다 '에이, 1백만 원이면 100,0000원, 1천만 원이면 1000,0000

원, 이렇게 만 원 단위로 하면 읽기도 편하고 쓰기도 편한데, 왜 군이 천 원 단위로 써 가지고 사람을 이렇게 힘들게 하는 거야?' 하고 속으로 투덜대기 일쑤였다(쉽게 말하자면 숫자를 셀 때, 서양은 '천' 단위(예 : 1만 원 → 10천 원, 10만 원 → 100천 원)를, 우리나라는 '만' 단위(10만 원, 100만 원 등)를 사용한다). 물론, 미터·톤처럼 경제 강대국인 서양인들이 사용하는 방법으로 세계 숫자 표준 단위를 정해서 그런 것이라는 건 알고 있었지만, 역시 사람이나 국가나 힘이 있어야 한다는 걸 다시 한 번 느끼게 되었다.

대수의 법칙

'대수의 법칙'이라는 것이 있다. 이를 쉽게 설명하면, 주사위를 6번 던졌을 때 1부터 6까지 모두 한 번씩 나올 확률은 극히 적지만, 600번, 6,000번 던졌을 때는 1부터 6까지 골고루 나올 확률이 점점 높아진다는 개념으로, 관찰 횟수를 늘려 갈수록 일정한 확률이 발생한다는 법칙이다. 예전에 택시를 탔을 때 잔돈이 없어 1만 원짜리를 낸 적이 있었는데, 택시 기사 말씀이, "오늘은 이상하네. 일을 시작하기 전에 바빠서 잔돈을 준비 못 해 놓았더니 타시는 분마다 1만 원짜리만 내서 잔돈이 부족하네."라고 하셔서 본의 아니게 민망한 적이 있었다. 또 어떤 날 택시를 탔을 때에는 주머니에 잔돈이 많아 기사분께 도움이 될까 하고 잔돈을 드렸더니, 이번에는 "하, 오늘은 이상하네. 잔돈을 많이 준비해 놨더니 계속 잔돈만 들어와서 돈통이 넘치겠네."라고 하셔서 왠지 미안함을 느낌과 동시에, 앞서 얘기한 '대수의 법칙'이 떠오르며 그건 그날이나 며칠간만 연속으로 또는 자주 그런 일이 벌어지는 것이지, 그분들 평생 하루도 안 빼고 그런 일만 되풀이되는 것은 아니리라는 생각이 들었다. 아울러, 내가 여태껏 겪었던 안 좋은 일들이 주마등처럼 지나가며, '그래, 인간 만사도 대수의 법칙에 크게 어긋나지 않으니, 기다리다 보면 내게도 운 좋은 날이 오리라!'라고 믿게 되었다. 나처럼 본인이 운이 없는 사람이라고 느끼는 분들은 이 '대수의 법칙'을 믿고 기다려 보시면 분명 좋은 일이 생길 것이다.

영화광-1

난 영화를 무척 좋아해서 마음에 드는 영화를 VOD로 몇 번씩 다시 보며 대사를 외우고, 그 배우 흉내를 내며 내가 마치 그 주인공인 것처럼 느끼기도 하는데, 그러다 보니 생각지도 못한 부작용도 있었다. 한 번은 친구가 운영하던 2층 독서실의 창문이 열리지 않자, 2004년 개봉한 '옹박'의 주인공을 흉내 내며 위험을 무릅쓰고 다른 창문으로 기어 올라가 창문을 열어 준 적도 있고, 밤에 겁도 없이 주차된 (차량 탑재형) 이동식 크레인의 끝까지 올라가 보기도 했다. 또한 2006년에 개봉한 영화 '타짜'를 보고 나서는 친구들과 사소한 걸로 내기를 하며, "왜, 쫄리냐?"라는 말로 친구들과 웃곤 하기도 했는데, 그러다 드디어 사고가 터지고 말았다. 2007년 개봉한 영화 '우아한 세계'에서 주인공인 송강호 씨가 다른 사람을 돌멩이로 위협하는 장면이 나오는데, 그걸 보고 충격을 받아 나의 뇌리에 박혀있던 때문인지, 늦은 밤 친구의 기분을 맞춰주려다 다른 사람과 시비가 붙어 그 사람을 쫓아 버리기 위해 술김에 돌멩이를 들기만 했는데, 상대방의 신고로 경찰서에 끌려가서 밤샘 조사를 받고 상대방과 화해 후 풀려난 적이 있다(어쨌거나 진정 잘못된 일임을 통감한다). 그게 바로 영화의 부작용으로,

너무 푹 빠지다 보면 자기도 모르게(?) 그걸 실행에 옮기는 것이 문제라는 걸 실감했다. 결론은, 모방은 재미있게 패러디 정도로만 끝낼 것이지 너무 심취하지는 말고, 더더욱 흉기나 칼 등이 등장하는 폭력적인 것은 절대 모방을 금지하기 바란다.

영화광-2

요즘은 길거리에서 젊은 사람들, 심지어는 어린 학생들도 대로변에서 뽀뽀를 하는 것을 심심치 않게 보게 되어 얼굴을 찌푸리게 되는 일이 많아진다. 한편으로는 그들의 젊음이 부럽기도(?) 하지만, 내가 속칭 '꼰대'라서 그런지, 우리 대한민국의 대로변에서 '쪽쪽~'거리는 게 아직까지는 좋지 않게 보이고, 이런 것들은 모두 어른들이 잘못해서 그런 것이라는 생각이 든다. 영화들도 그렇고, TV에서 2009년 방영한 '꽃보다 남자', 2017년 방영한 '학교2017'을 보면 성인들 뺨치는(?) 폭력성과 선정성으로 학생들이 과소비나 길거리 키스를 하는 분위기를 만들었던 게 사실이다. 이는 시청률 등 상업적인 것만 추구하는 우리 어른들로 인해 발생한 문제라고 생각되며, 방송국에서 근무하는 분들은 TV

가 아니라도 그런 걸 접할 수 있는 매체가 많다고 핑계를 대겠지만, 부디 TV에서만은 그러지 않기를 바란다. 아울러, TV나 라디오에서, '방송국놈들이 그렇지 뭐~'라는 말이 종종 나오는데, 아무리 농담이고 남을 웃기려고 하는 말이라 할지라도, 시청자들을 위해 방송국에서 묵묵히 일하시는 분들을 존중하지 않는 듯한 느낌이 들어 불쾌하며, 그분의 가족분들, 특히 자제분들을 생각해서 절대로 그런 표현을 쓰지 않았으면 한다.

기다림이란

오래전의 어느 휴일 날, 아내는 약속이 있어 아침 일찍 나가고, 난 늦잠을 자고 일어난 상태에서 아이들이 배가 고프다고 하여 밥을 해 주려고 쌀을 씻을 때의 일이었다. 쌀을 씻기 위해 그릇에 쌀을 담고 물을 채우는데, 냉장고에 딸린 정수기라서 그런지 원래 물이 조금씩 나온다는 건 알았지만, 아이들에게 빨리 밥을 해 주고 싶은 마음에 그날따라 더 물이 '찔찔찔' 나오는 걸로 느껴져 답답하기 그지없었다. 바로 그 순간, '기다림'에 대해 생각하게 되었다. 밥을 하려면 쌀을 씻어야 하고, 그러려면 쌀 그릇 안에 쌀을 담아 놓고 물을 받는 동안 쌀들뿐만 아니라 쌀들 사이의 빈 틈까지 모두 적셔질 때까지 기다려야 그릇 밑바닥에서부터 물이 올라오며 채워진다는 단순한 사실이 참으로 새삼스럽게 느껴졌다. 즉, 단순히 빈 그릇에 물만 받는 것보다 당연히 더 기다려야 하고, 한 번 그렇게 한 후에는 쌀들이 이미 젖은 상태이기 때문에 한두 번 더 쌀을 헹구기 위해 물을 받을 때에는 시간이 그리 오래 걸리지 않는다. 하물며, 쌀을 씻는 짧은 순간도 그런 과정을 거치며 기다려야 하니, 어떤 사람이나 기회를 기다리는 건 더욱 많은 기다림을 요하며, 인생은 기다림의 연속이라 해도 과언이 아닐 듯싶다.

근묵자흑

일전에 콩밥을 하기 위해 미리 콩들을 불려 놓으려 하얀 양철 그릇에 검은콩들을 담아 놓고 물을 부었더니 맑았던 양철 그릇 안의 물이 그 즉시 까맣게 변하기에, '아니, 무슨 콩이 물에 닿자마자 이렇게 검은 물이 잔뜩 빠지나, 상한 게 아닌가?' 하고 깜짝 놀랐는데, 잠시 후 흙 같은 이물질들을 제거하려 손으로 콩들을 휘휘 저은 다음 싱크대에 그 물을 버리다가 다시 한 번 깜짝 놀랐다. 까맣게 보이던 그 물은 여전히 맑은 색이었고, 하얀 양철에 비친 검은콩들로 인해 물이 새까맣게 보였던 것뿐이었다. 그때 '근묵자흑'이라는 단어가 떠올랐다. '먹물을 가까이하면 검어진다.'는 말로, '나쁜 사람과 가까이 지내다 보면 자신도 나쁜 행동에 물들게 된다.'는 뜻인데, 이 검정콩을 씻을 때 보니, '나쁜 사람과 가까이 지내다 보면 자신도 나쁜 행동에 물들기도 전에, 벌써 나쁜 사람으로 보이게 된다.'라는 생각이 든다. 역시 사람은 그 환경도 아주 중요함을 다시 한 번 느끼게 되었다.

주량과 당구 실력

난 음주 가무나 잡기에 능하지 못해, 그런 것들을 좋아하는 친구들과 끝까지 노는 데는 한계가 있다. 친구들은 보통 소주를 2병 이상 마시는 데 비해, 나의 주량은 소주(그나마 요즈음은 알코올 도수가 많이 낮아져서) 1병 정도로, 어쩌다가 그 주량에서 몇 잔 넘어가면 다음 날 점심때까지 술 냄새가 가시지 않고 몸이 상당히 피곤하고 괴로우며. 또한, 친구들은 대부분 당구를 200 이상 치는 데 비해, 나의 당구 실력은 대학 시절 120에서 멈춘 후 당구를 거의 쳐 본 적이 없어 거기서도 퇴보를 하여 100 정도의 수준이기 때문이다. 그러면서 생각이 든 게, 주량을 당구 수준에 빗대어 보면, 소주 1병은 당구 100, 소주 2병은 당구 200쯤 된다고 보면 될 것 같다는 것이다. 이를 종합해 보면, 친구들은 보통 둘 다 200 이상 되는 데 반해, 난 그것의 절반 정도밖에 되지 않으니, 내가 그런 방면으로 친구들을 못 따라가는 이유가 방금 얘기한 수치로 보면 이해하기가 쉬울 것이다.

과유불급-1

'과유불급'이란 말이 있다. '너무 지나치면 모자라는 것보다 좋지 않다.'는 뜻으로, 뭐든 적당한 게 좋다는 말이다. 이를 위생에 비추어 보면, 청결함을 유지하고자 손을 어느 정도는 자주 닦는 것이 좋지만, 너무 지나치면 손을 몇 시간이고 닦는 등 결벽증에 시달릴 수도 있다. 반대로, 흔한 말로 '털털한' 성격의 소유자는 손을 잘 안 닦아도 별 탈 없이 없고 면역력이 어느 정도는 좋지만, 그 역시 지나치면 탈이 나기도 한다. 그렇게 생각해서인지,

난 손은 자주 닦는 편이지만, 예전에 길거리에 있는 커피자판기들이 관리가 잘 되지 않는 경우도 있어 위생상 좋지 않으니 커피를 뽑아 마시지 말라고 얘기하는 걸 듣고서도, 면역력도 키울 겸(?) 개의치 않고 잘도 뽑아 마셨고(지금 자판기들은 깨끗이 관리한다 한다), 우지 파동, 쓰레기 단무지 만두 파동 등으로 남들이 라면이나 자장면, 만두 등을 먹기가 꺼림직하다고 할 때 난 잘도 먹었는데, 그 이유는 그런 걸 따지면 자기가 직접 키운 것 빼고는 아예 먹을 것이 없기 때문이다. 또한, 우리가 호흡하고 있는 공기 중에는 감기나 코로나바이러스, 폐렴균 등의 병원성 세균뿐만 아니라, 자동차의 매연에서 나오는 몸에 좋지 않은 성분 등이 분명히 떠다니고 있을 텐데, 그런 걸 너무 걱정하면 숨도 쉬지 말거나 무균실에서 살아야 한다는 결론이 나온다. 그러니, 청결을 유지함에 있어 너무 지나치게는 하지 말고 적당히 하기를 바란다.

과유불급-2

어느 휴일에 친구와 약간 늦은 점심을 먹기 위해 그 친구를 내 차에 태우고 식당 근처의 무료 공영주차장으로 막 진입했을 때의 일이었다. 웬일인지 운이 좋게도 내 바로 앞에 마침 딱 한 대 주차할 공간이 보여 주차를 하려다가, 위층에서 내려오던 큰 승합차 안에 여성 운전자가 보이기에 내 딴에는 그분이 편히 지나간 다음 주차하려고 잠시 기다려 주었더니, 그분은 방금 애기한 그 공간에 차량의 앞부분을 들이밀었다. 상황을 보니, 주차할 공간을 찾기 위해 위층들까지 갔다가 주차할 곳이 없어 내려오던 차에 하필 내가 주차하려던 바로 그 공간에 전면 주차를 하기 시작했던 것이다. 그 큰 승합차를 앞으로 갔다 뒤로 갔다 하는 것이 초보운전자로 보였는데, 다른 차량들이 기다리는 것은 아랑곳하지 않고 거의 5분 정도 걸려 주차를 한 뒤 아무 말도 없이 나가 버렸고, 그로 인해 진입과 진출을 기다리던 다른 차량들이 엄청 많아져 서로 엉켜버렸다. 배가 고팠던 우리는 어이없게도 그 상황이 해결되기까지 또다시 15분 이상을 기다려야 했고, 내 옆에 타고 있던 친구는 "차라리 네가 그냥 먼저 주차했으면 하나도 안막혔겠다!" 하며 투덜댔다. 그때 느꼈다. 친절과 양보도 적당히 해야겠다는 것을.

거절할 줄도 알아야 한다

대기업에 다니던 어느 날 아침 일찍 출근해서 일을 하고 있는데, 웬일인지 국장님이 다른 때보다 상당히 일찍 출근을 하셨다. 잠시 후 나에게 "아침 식사하러 가려고 하는데 혼자 가긴 뭐하니, 아침 식사 안 했으면 같이 가자."고 하셨다. 사실 나는 아침을 먹고 왔지만, 혼자 가실 국장님을 생각하니 안쓰러워서 그냥 안 먹었다고 하고 따라갔다. 곧이어 주문한 식사가 나와 밥을 먹는데, 이건 한 숟가락 뜰 때부터 모래알처럼 느껴지더니 혀가 목구멍을 딱 막아 버려서 밥이 잘 넘어가지 않았다. 평생 딱 두 번 체했을 때처럼은 아니었어도 이것도 아주 곤욕이었지만 국장님이 무안해하실까 봐 내색도 못 하고 그냥 대충 씹어서 억지로 삼켜버렸다. 겨우겨우 식사가 다 끝나고 사무실에 와서는 하루 종일 속이 불편해서 심하게 고생을 한 후, 아주 당연한 것이지만 앞으로는 밥을 먹고 왔으면 먹었다고 꼭 이야기할 거라고 결심을 했고, 때로는 거절할 줄도 알아야 한다는 걸 새삼 느꼈다. 나중에 겪어 보니 돈 문제도 그렇다. 큰돈을 빌려달라는데 안 빌려주면 그 사람과의 관계가 나빠질 것 같아 무리해서 돈을 빌려주었을 때 상대방이 돈을 잘 갚으면 상관이 없지만, 대부분은 그렇지 않아 큰 문제가 생긴다. 돈을 빌려줄 때 안 받아도 될 정도면 빌려주고, 그렇지 않으면 돈도 잃고 사람도 잃게 되니, 차라리 사람은 잃어도 돈은 잃지 않도록 잘 판단하기 바란다.

경제력과 사냥 능력

젊었을 때는 몰랐지만 나이를 먹을수록 돈이 많은 사람 앞에 있으면 왠지 내가 작아지는 느낌이 드는 게 있다. 결혼 초에는 내가 대기업에 재직했던 관계로 내 월급이 아내의 월급보다 훨씬 많았기 때문에 몰랐지만, 결혼 후 1년 반 정도 지나서 내가 퇴직한 뒤부터는 내 아내가 나보다 훨씬 더 벌기 때문에 점점 위축이 되고 발언권이 적어지는 게 사실이다. 또한, 친구들 여러 명이서 만났을 때 거리낌 없이 밥값이나 술값을 내는 친구들을 보면 그에 반비례하여 초라해지는 내 모습을 느낀다. 그도 그럴 것이, 아주 오래 전의 인류의 생활 방식을 생각해 보면 이해가 간다. 남자들이 사냥을 나갔을 때 어떤 사람은 항상 멧돼지나 곰, 사슴 등의 큰 동물을 잡아 와서 마을 잔치를 벌일 정도인 데 반해, 어떤 사람은 매번 쥐와 같은 아주 조그만 걸 잡아 오거나 아예 그런 것마저 잡아 오질 못한다면, 어떤 대접을 받을지와 그 사람의 심정이 어떨지 상상이 간다. 곧, 옛날의 사냥 능력이 지금의 경제력이라 생각한다.

유산 다툼

뉴스를 보다 보면, 재벌뿐만 아니라 일반 가정에서도 상속 문제로 갈등을 빚다가 소송을 제기하거나 큰 싸움으로 번져 칼부림으로까지 이어지는 비극이 발생하기도 한다. 한편으로 들리는 말은, 당사자인 자식들은 가만히 있으려 해도 그들의 배우자들이 자꾸 불만을 제기하여 그런 일이 벌어진다고 하기도 하는데, 어쨌든 그런 걸 보고 어떤 친구들은, "난 내 자식들이 그러는 꼴을 보기 싫어서 돈을 다 쓰고 죽을 거야!"라고 얘기하기도 한다. 쑥스러운 얘기지만, 우리 집안은 중산층으로 부모님으로부터 좀 더 받고 덜 받은 사람도 있지만, 부모님의 결정을 존중하기로 한 약속을 지켰기 때문에 아무런 다툼 없이 잘 지낸다. 혹시 좀 더 받고 싶은 자식이나 그들의 배우자분들은 물려받은 재산은 어차피 자신들이 이룬 것이 아닌 불로소득이니, 덜 받아도 된다는 마음가짐으로 가족 간의 평화를 잘 지키시기 바란다.

적성이란

몇 년 전 어느 사무실에서 근무할 당시, 나보다 나이가 약간 많은 한 근무자가 망치와 못, 톱만 주면 집을 지을 수 있을 정도로 기술이 아주 좋은 사람이 있었다. 다 좋은데, 그는 일이 없어도 자리에 앉아 있는 법이 없이 계속 돌아다녀서 그와 같은 조로 일해야 하는 나는 아주 힘이 들어 그에게 물었다. "일을 할 땐 열심히 하고, 일이 없을 때는 앉아서 좀 쉬어야지, 나까지 힘들잖아요?" "난 가만히 앉아 있는 게 더 힘들어." "그럼 혹시, 지금 월급보다 2~3배를 준다고 하면 사무직으로 일할 수 있어요?" "한 달에 1억 원을 줘도 난 못해." 그 말을 듣고 문득 적성이라는 게 뭔지 떠올랐다. 물론, 자기가 하고 싶은 일을 하면 좋겠지만, 그렇지 못하다면, 적성이란, '죽도록 하기 싫은 것'과 '돈을 아무리 많이 줘도 못 하겠는 것'만 빼고는 그 일에 맞춰가는 것이라 생각된다. 적성에 안 맞아서 '못 하겠다', '안 한다', '그만뒀다'라는 말을 하기 전에 위의 얘기를 명심하시기 바란다.

관심과 정성

대기업에 재직 중 다른 계열사로 이동해 오고 몇 년 뒤, 나와 같은 계열사에서 오신 어떤 전무께서 다음과 같은 말씀을 하셨다. "어떤 일에서든 성공하기 위해 가장 중요한 것은 '관심'과 '정성'이다. 억지로나 대충 하는 것이 아닌, 진정한 관심을 가지고 정성껏 노력하면 안 되는 일이 없다."라며 우리를 격려하셨다. 그분은 그런 노력 덕분이었는지, 그 후 그 계열사의 대표이사 부사장과 다른 계열사의 대표이사 사장, ○○협회 회장까지 역임하셨다. 그 말에 감명 받아 나도 관심과 정성을 가지고 수많은 노력을 했음에도 불구하고 그렇게 대성하진 못했지만, 그래도 하지 않은 것보다는 훨씬 많은 도움이 되었다고 느낀다. 여러분들은 관심과 정성을 쏟아서 나중에는 원하는 걸 꼭 얻기를 바란다.

돈이 없다는 말

대기업에 다니며 모아둔 돈으로 40대 초반에 상가 건물을 매입해서 월세를 받고, 당시에는 지금보다 더 비싸게 느껴지던 차량인

'○○저' 신차를 구매해서 타고 다니던 ㅅㅈ이라는 친구가 있었는데, 그 차를 산 지 얼마 지나지 않아 퇴직 후 할부로 대형 지입차를 구입해서 운행을 한다고 했다. 대학 졸업 후부터 그 친구를 포함하여 정기적으로 만나던 친한 친구들과 모인 어느 날, 친구들이 그다음 달부터 회비를 매월 걷자고 하며 내가 금융권에 다닌다는 희한한 이유로 나에게 총무를 맡겼기 때문에 한 달 뒤에 회비를 걷기 위해 친구들에게 전화를 하기 시작했다. 다른 친구들과 통화할 때는 문제가 없었는데 ㅅㅈ이에게 전화를 하자, 그 친구의 반응이 이상했다. 내게 적선을 하라는 것도 아닌데, "돈이 없다!"며 나에게 짜증을 냈다. "왜 나한테 짜증을 내냐?" "돈이 없는데 내라고 하니까 그렇지!" "지난달에 너도 동의했잖아?" "아무튼 돈이 없어 못 내니까 알아서 해!" 하고는 전화를 끊는 것이었다. 그로 인해 회비를 걷어야 하는 일은 없어졌고, 공교롭게도 그 후부터 ㅅㅈ이는 그 모임에 나오지 않았다. 한편 이런 일도 있었다. 한 친구가 자기 아버지에게서 약 이십억 원 정도의 재산을 증여받게 되어 그 친구에게 부럽다는 말을 했더니, 그 친구는 "좋긴 뭐가 좋아? 증여세 내느라 돈 꾸러 다니는데!" 위의 두 가지 경우에서 느꼈다. 남들이 볼 때는 부자인데 '돈이 없다.'라고 말하는 것은, 정확히 말하면, '재산은 많지만 현찰이 없다.'는 말이라는 걸.

걱정하지 말라는 자

누군가 "걱정하지 마세요!"라고 하는 말을 들으면 떠오르는 사람이 있다. 예전에 조그맣게 사업을 할 당시 어떤 사업장에 납품을 하게 된 첫날, 그 사장은 내가 묻지도 않았는데, "걱정하지 마세요. 대금은 말일에 드릴 테니까요."라고 말을 했다. 주 2회 정도 납품을 하는 곳이었는데 말일이 지나도 입금이 되지 않았고, 다음 달 초 납품을 하며 그를 만났을 때, "아이고, 제가 송금하는 걸 깜빡했네요. 지난달 것까지 월말에 드릴 테니까 걱정하지 마세요."라고 하기에, 알겠다고 하며 계속 납품을 했다. 그달 말일이 지나도 여전히 물품 대금은 입금이 되지 않았고, 또 그다음 달 그를 만났을 때도 역시 송금은 하지 않은 채 걱정하지 말라는 똑같은 말만 되풀이하기에 (결국은 3개월 동안의 대금을 하나도 치르지 않아)납품을 중단해 버렸다. 그제야 그는 밀린 돈이 얼마인지 전화를 한 후 대금의 일부만 보내놓고는 내게 다시 물건을 달라는 전화를 했고, 미수금 입금이 안 되면 납품을 못 하겠다 하니, 또다시 '걱정하지 말라.'는 말을 하였다. 계속 납품을 안 하면 최종 거래처에 곤란한 일이 생겨 어쩔 수 없이 납품을 하였으나, 그는 내가 사업을 종료할 때까지 계속해서 결제 문제로 속을 썩였다. 그 뒤 그런 말을 습관적으로 하는 자들을 겪어본 결과, 그런 말을 자주 하는 사람은 거의 100% 문제가 있는 자들이었다. 국민학교 때 어느 담임선생님에게서 들었던, "가짜 참기름을 팔면서, 제 물건은 '정말 진짜 참기름'입니다."라고 말하는 자가 생각난다.

역지사지

어느 날 친구 ㅈㅎ이에게, "어떤 민원인이 다소 불합리한 요구를 했지만 다투기 싫어서 그냥 맞춰주었어."라고 했더니, 그 친구는 내게 '노예근성'이 있어서 그런 것이라며 살짝(?) 면박을 주었다. 그 뒤 그 친구가 ○○ 회사에 면접을 보러 간다고 할 때, 그 회사는 법에 맞지 않는 이상한 답을 요구한다는 걸 마침 내가 알고 있었기에 그 문제와 답까지 알려 주었더니, 면접을 보고 온 후 그게 도움이 되어 합격했다며 내게 고맙다고 했다. 내가 농담으로 "네가 한 것도 '노예근성' 아니냐?" 했더니, 그 친구는 웃으며 "그렇네…"라고 하는 것이었다. 요즘 TV에 많이 나오는 성격 개선 프로그램 중의 하나인 'ㅇ쪽 상담소'도, 자기가 의식하지 않고 했던 행동들을 전문가와 함께 바라보며 해결책을 찾는 방식인데, 그런 프로그램이 성공하는 이유는 전문가의 훌륭한 조언도 있지만, 남의 입장에서 자신을 바라보면 뭐가 잘못됐는지 잘 보이기 때문이다. 한편, 오래 전 한 남자 연기자가 여자 후배를 폭행했다는 의혹이 제기되었을 때에는 아니라고 발뺌을 하다가 폭행 장면이 담긴 CCTV가 공개되자 자기 잘못을 인정한 뒤 하차하게 되었고, 어느 입주민이 한 아파트 관리사무소에서 직원을 마구 두들겨 패는 장면이 고스란히 담긴 CCTV가 공개되어 사회적인 공분을 일으킨 뒤 감옥에 갔다. 자기들 딴에는, 그 당시에는 자신의 감정에 충실해서(?) 그랬겠지만, 자기의 폭력적인 행동이 담긴 화면을 보면, 자기가 했던 행동을 섬찟하게 느끼며 자신의 행동이 얼마나 잘못됐는지 느끼며 후회할 것이다. '역지사지'란 말이 있다. 이는 '상대편의 처지나 입장에서 먼저 생각해 보고 이해하라(출처 : 네이버).'라는 뜻으로, 누구나 말로는 자기도 그렇게 한다고 하지만, 그렇게 하지 못하는 게 사실이다. 진정으로 상대방의 입장에서 생각해 보고 그 마음을 공감하기 바란다.

열 손가락 깨물어 안 아픈 손가락이 있다

'열 손가락 깨물어 안 아픈 손가락 없다'라는 말이 있다. 이는 열 손가락 중에 깨물어서 아프지 않은 손가락이 없듯이, 부모는 자식이 많아도 전부 소중하게 여긴다는 말이다(출처 : 네이버). 하지만, 예를 들어, 여러 자식 중에 어떤 자식은 어렸을 때부터 말을 잘 듣고 부모가 노인이 되었을 때 살뜰히 보살펴 드리는 자식이 있는 반면에, 어떤 자식은 어렸을 때부터 말을 안 듣고 말썽만 잔뜩 피우다가 부모가 노인이 되었을 때 모르는 척한다면, 사실 어느 자식이 더 좋은지는 자명한 일이다. 그래서 난 생각한다. 열 손가락 깨물어 안 아픈 손가락이 있다. 살살 깨물거나 깨무는 시늉만 하는 손가락.

길을 막고 물어봐?

누군가와 논쟁을 벌이다가 견해가 완전히 달라 대화가 안 돼서 너무 답답할 때 흔히들, '지나가는 사람 길을 막고 물어봐!'라고 하는 경우가 있는데, 내 생각에 그 방법은 좋은 방법이 아니다.

왜냐하면, 만일 그렇게 한다면, 비키라고 하며 욕이나 먹을 것이 뻔하기 때문이다.

먹고 사는 게 뭔지

나중에 기회가 되면 얘기하겠지만, 대기업 신입사원 시절, 욕쟁이이자 흉포한(?) 과장 밑에서 몇 년간 근무를 한 적이 있었다. 내가 그곳을 퇴직한 가장 큰 이유가 바로 그 사람 때문으로, 퇴직 시 언젠가 그자를 만나면 반드시 복수(?)를 하리라 마음먹었을 정도였다. 퇴직한 지 25년가량 된 며칠 전, 그자가 내게 누구나 알만한 대기업에 확실히 취업을 시켜 주겠다 하여 그자의 손을 붙들고 "잘 부탁드립니다!"라고 하며 아주 정중히 부탁을 드렸는데, 아침에 일어나보니 그건 꿈이었다. 그자가 그런 식으로 꿈에 나타난 것도 어이가 없었지만, 그 원수(?)에게 나한테 왜 그랬냐고 따져도 시원찮을 판에 그렇게 굽실거리며 인사를 하던 꿈속의 내 모습에 실소를 하기도 하면서, 한편으로는 '먹고 사는 게 뭔지…' 다시금 생각해 보게 되었다.

사고의 정의

'사고'란 '뜻밖에 일어난 불행한 일(출처 : 네이버)'을 말한다. 당시의 피해자분들과 유족분들에게 아픈 기억을 떠올리게 해서 죄송하지만, 1995년 6월 29일, 말도 안 되는 원인으로 삼풍백화점이 붕괴되어 그 많은 사상자가 발생한 것도 어처구니없고 놀라웠지만, 사고 당시 불과 1~2초 차이로 그곳에 들어간 사람과 나온 사람의 생사가 바뀐 걸 보고 운명이 무언지 생각해 보는 계기가 되었다. 이후 여러 가지 사고 소식을 접하고 나니, 어떤 사고이건 간에 위험 요소가 발현되더라도(당연히 위험 요소는 미리 없애야 하지만) 운이 좋으면 0.1초도 안 되는 차이로도 사고를 피할 수 있는 것이고, 운이 없으면 그 찰나의 사이에도 사고를 당하게 된다는 걸 느꼈다. 아무리 위험한 것이라도 운이 좋으면 사고를 피할 수 있고, 아무리 운이 없어도 위험 요소를 안 만나면 사고가 안 생기지 않는가! 그래서, 난 사고를 '위험 요소가 불운(타이밍)을 만나면 발생하는 것'이라고 정의를 내렸다.

다이어트의 원리

모든 동물은 아주 특별한 이유가 있는 경우만 제외하고, 덜 먹고 더 움직이면 살이 빠지게 되어 있다. 그건 자연의 섭리다. 이를 몰라서 안 하는 게 아니겠지만, 다이어트의 원리도 이와 같이 아주 단순하다. 오로지 미용을 위해서는 안 해도 되지만, 건강해지기 위해 살을 빼고 싶으면 덜 먹고 더 운동하라. 그래도 안 빠지면 훨씬 덜 먹고 훨씬 더 움직여라. 물론 사람마다 기억력이 다르듯이 체질 차이로 살을 빼는 게 남들보다 훨씬 힘든 분이 있다는 건 알지만, 그럴수록 더욱 독한 마음을 먹고 더욱 각고의 노력을 쏟아라. 눈물 없이, 노력 없이 얻을 수 있는 건 천운인 '로또' 말고는 없다.

열녀문

문득, 어렸을 적에 방영한 TV 프로그램인 '전설의 고향'에서 보았던 열녀문(조선 시대에 절개를 지킨 여성을 기리고자 세운 기념문. 출처 : 네이버)이 생각났다. 세상을 먼저 떠난 남편과의 의리를 지키고자 수절을 하며 혼자 살다가 세상을 떠났을 때 남은 가족들이 열녀문을 세울 수 있는 것으로, 정작 자기의 살아생전에는 그런 상을 받아 보지 못하는 것이다. 세상을 떠난 분들이라 직접 물어볼 수는 없지만, 만일 그럴 수 있다면 묻고 싶다. 하늘나라 가셔서 돌이켜 보니 행복하셨냐고, 후회는 없으시냐고. 열녀문은 과연 누구를 위한 열녀문인가?

성도착증의 단계

다음의 이야기는 절대 의학적인 근거가 있는 것이 아니라, 가끔 뉴스나 영화에 나오는 장면을 보고 내가 나름대로 결론을 내린 성도착증(성적 행동에 있어서의 변태적인 이상 습성. 출처 : 네이버)의 단계를 심각한 순서대로 정리를 한 것으로, 꼭 나열된 순서대로 간다는 것은 아니고 단계를 건너뛸 수도 있는 것이며, 모두 범죄(예비)자로 가는 지름길이니 절대로 하지 마시고 일반적인 습관을 가지기 바란다. 첫 번째 단계는 '절편음란증'으로, 이성의 속옷 등 물건을 통해서 흥분을 하는 것이며, 두 번째 단계는 '소아성애'로, 어린아이를 성적 욕구의 대상으로 여기는 이상

성욕이다. 세 번째 단계는 '수간'으로, 동물에게 성욕을 해결하는 것이며, 네 번째 단계는 '시간'으로, 끔찍하게도 시체에 대고 몹쓸 짓을 하는 것이다. 마지막 단계는 목을 매달고 혼자서 해결(?)하는 것으로, 종종 뜻하지 않게 사망하기도 한다.

어른들이 참는 이유와 제일 좋은 대처 방법

어렸을 때 아버지와 목욕탕에 가면, 아버지는 늘 그 딱딱한 타일 바닥에 누워 잠시라도 눈을 붙이셨다. 중학교 1학년 때쯤인가 아버지와 목욕탕에 갔을 때, 그날은 아버지가 냉탕 바로 옆의 바닥에서 주무시는데 갑자기 넘쳐 밀려온 차가운 물에 나도 놀랐지만, 아버지도 깜짝 놀라며 일어나셨다. 바로 옆을 보니 냉탕 안에서 웬 아저씨가 주변 사람들은 의식하지 않은 채 계속 첨벙첨벙하며 물을 튀기고 있었다. 아버지에게 "제가 가서 조심해 달라고 할까요?"라고 하니, 아버지께서 "됐다. 그러는 거 아니다. 그냥 참고 있어라." 하시기에 알았다고 하고 참고 있었지만, 속으로는 왜 그걸 참고 있어야 하는지 이해가 가지 않았다. 하지만, 나이가 들어 보니 다 이유가 있었다. 세상 경험이 나보다 훨씬 많으셨던 아버지는 사소한 시비가 큰 화를 부를 수도 있다는 걸 알고 계셨던 것이었다. 이 얘기를 하다 보니 생각나는 사람이 한 명 있다. 어느 한여름 날 저녁에 연탄구이 고깃집 앞을 막 지나갈 때의 일이었다. 그 식당은 바로 앞의 테라스에서 연탄 화로 위에 석쇠를 올려놓고 손님들이 고기를 구워 먹는 곳으로, 그 테라스에서 남자 3명이 고기를 구워 먹다가, 그중 한 명이, 일부러 그런 것은 아니겠지만, 자기가 피우던 불붙은 담배꽁초를 옆으로 던지다가 반팔 티셔츠를 입고 내 바로 앞으로 지나가던 사람의 팔에 맞고 말았다. 순간 난, '어? 이거 큰일 나겠네…'라고 생각할 수밖에 없었는데, 왜냐하면 백이면 백, 그런 상황이 생기면 싸우지는 않아도 적어도 담뱃불을 던진 사람에게 사과를 받으려 따지기 때문이다. 하지만, 이게 웬걸? 그분은 불붙은 담배꽁초가 자기 살에 맞은 것이 별일 아니라는 듯이 그 부분을 다른 팔로 '툭' 치고는 담배꽁초를 던진 사람 쪽은 쳐다보지도 않은 채 그냥 지나가는 것이었다. 그분이 싸움에 휘말리는 게 싫어서 그런 것인지, 아니면 내공(?)이 깊은 분이었지는 몰라도, 그때 그 모습을 보고 정말 깊은 감명을 받았다. 어찌 보면 그 사람은 참은 게 아니라 아예 신경을 쓰지 않는 것으로, 우리 모두가 그분처럼 살아간다면 세상에 싸울 일이 없어질 것 같다는 생각이 들었다.

내가 아는 최고의 대인배

어느 날 오전, 내가 참으로 좋아하는 선배가 아주 심각한 목소리로 전화를 했다. "여기 와 줄 수 있어?" "지금 근무시간 아니에요?" "맞아." "저 일이 있어서 지금 멀리 와 있는데, 무슨 일이에요?" 그분은 한참 동안 망설이다가 울부짖으며 말했다. "내 마누라가 바람을 피웠어…" "뭐라고요? 확실해요? 어떻게 아셨어요?" 대답 대신 한참을 울다가 괴성을 지르다가를 반복한 후에 말했다. "어떻게 하다 보니 알게 됐어…" "형님, 답답하시더라도 참고 계시면 오후에 제가 갈게요." "아니다. 혼자 있고 싶다." "아녜요, 형님. 저하고 같이 있어요." "아니야, 그냥 혼자 있게 놔둬." "정말 괜찮겠어요?" "그래. 끊자…" 하시고는 전화를 끊으셨는데, 혹시나 그 형님이 극단적인 선택을 하실까 봐 불안한 마음으로 일과를 보낸 후 저녁에 전화를 드렸더니 우울한 목소리였지만 괜찮다고 하셨다. 다음 날 아침 일찍 그분께 달려가서 자초지종을 물었더니, "회사 사장이 꼬셔서 그렇게 됐대. 휴… 그냥 넘어가기로 했어… 괴로우니까 이제 그 얘기는 그만 얘기하자…"라고 하시기에 나도 더 이상 묻지 않았다. 한참을 서로 말없이 바라보고 있다가 그곳을 나왔고, 그 이후 난 그 형님을 세상에서 제일가는 대인배로 생각하고 있다.

고통과 행복-1

어느 날, 집에 있던 혈침 지압 공이 눈에 띄어 손바닥으로 쥐었다 폈다를 반복하던 도중, 세게 쥐던 순간에는 따가웠던 느낌이, 세게 쥔 상태로 계속 있으니 통증이 없어져 버리는 걸 느꼈다. 그게 다른 사람들에게는 당연한 건지는 모르겠지만 내겐 참으로 희한하게 느껴졌기에, 이번에는 조그만 고무공을 쥐어 보니, 쥐는 순간에는 말랑말랑한 감촉이 느껴지던 게 역시 계속 쥐고 있으니 그게 말랑말랑한 건지 아무 느낌도 들지 않는 것이었다. 그때 느꼈다. 손안에 가만히 쥐고 있으면 쥐고 있는 줄도 모르게 되듯이, 사람들은 자기가 가지고 있는 걸 모르고 남의 것만 쳐다본다는 것을. 곱슬머리를 가진 자는 자기의 곱슬머리를 싫어하고 생머리를 부러워하며, 생머리를 가진 자는 자기의 생머리를 싫어하고 곱슬머리를 부러워한다. 팔이 하나밖에 없는 사람은 하나밖에 없다고 절망하며 팔이 두 개 있는 사람을 부러워하고, 팔이 두 다 없는 사람은 역시 절망하며 팔이 하나밖에 없는 사람도 부러워하며, 팔 두 개와 다리 한쪽이 없는 사람은 팔은 고사하고 양쪽 다리만이라도 있었으면 하고 간절히 열망한다. 방금 얘기한 것처럼, 지압 공이나 고무공을 계속 쥐고 있다 보면 감각이 무뎌져서 계속 손으로 주물럭거려야 통증 또는 말랑말랑한 촉감을 느낄 수 있듯이, 내가 잊고 있던 지금 갖고 있는 것을 가만히 생각해 보라. 월급 300만 원에서 동결된 사람보다, 200만 원에서 220만 원으로 인상된 사람이 더 행복감을 느끼듯이, 남과 비교하지 말고 지금의 나를 부러워하는 사람도 분명 많다는 사실을 인식하라. 남의 행복을 너무 부러워만 하지 말고, 그 부러움을 나의 발전의 원동력으로 삼고, 남을 부러워할 그 시간에 행복해지기 위해 내가 할 수 있는 걸 하라.

고통과 행복-2

어떤 사람들은 위로를 한답시고 하는 말이, "힘내. 뭘 그런 걸 가지고 그래? 너보다 더한 사람도 많아!"라고 하는 경우가 있다. 팔이 두 개 모두 없는 사람이 팔이 하나가 없는 사람을 보고 자기보다 낫지 않냐고 할 수도 있겠지만, 그 사람은 당장 팔 하나가 없는 게 아주 지독한 고통인 것이다. '팔이 하나밖에 없으니 얼마나 고통스러울까!' 하고 헤아리고 다독여야 한다. 자기보다 더 고통스러운 사람도 있을 것이라며 현실을 인정하고 고통을 극복하는 것은 오롯이 팔이 하나밖에 없는 사람이 그렇게 인정하고 살때의 얘기지, 남이 백날 얘기를 해도 소용이 없는 것이다. 절대로 남의 고통이 적다고 하지 말라. 그리고, 자기가 불행하다고 생각하는 분들은, '천국과 지옥은 자기 마음이 만든다.'는 말을 명심하고, 범죄 피해를 당하지 않고 무탈·평범하게 사는 것이 바로 행복이라고 느꼈으면 좋겠다.

가족이란

어느 방송에서 나온 얘기다. 자녀가 식탁 위 모서리에 있던 유리그릇을 실수로 건드려서 그 그릇이 바닥에 떨어져 깨지고 말았다. 이를 본 엄마가 "아이고, 내가 그걸 거기에 두어서 이런 일이 생겼네. 미안해! 어디 다친 데 없어?" 그 옆에 있던 아버지가 "이런! 내가 그걸 보고 치운다는 걸 그만 깜빡했네. 미안해!" 그러자 그 그릇을 떨어뜨린 자녀가 "아녜요. 그걸 못 보고 떨어뜨린 제가 죄송해요!"라고 했다 한다. 이 글을 읽고, '쳇! 그런 가족이 세상에 어디 있어?'라고 하겠지만, 이런 생각으로 가족들을 대하지 못할 일도 없는 법이다. 아무튼 가족이란 평생 얼굴만 마주쳐도 미소가 나오고, 안아 주고, 언제 집에 들어와도 포근함을 느끼게 하는 사람들이다. 세상에서 가장 중요한 사람들이 가족임을 자각하고, 가족 구성원 모두가 위의 가정처럼 되도록 노력했으면 좋겠다.

부부란

일전에 비가 오던 어느 날, 나의 차로 친구 ㅅㅇㅇ를 태우고 가던 중에 비가 오기 시작했다. 빗물을 닦으려 와이퍼를 작동하니 와이퍼 날이 무뎌져서 '뿌드드득, 뿌드드득' 하는 소리가 나는 걸 듣고 그 친구가 "와이퍼 교체해야 되겠네?"라고 하자, 내가 "와이프를 교체해야지!"라고 해서 한바탕 웃은 적이 있다. 사실은 당시 난 아내와의 사이가 별로 좋지 않을 때로, '아내'라면, '아, 네(아내)!'라고 할 줄 알았더니, '안 해(아내)!'라고 하는 일이 많았고, 웬만하면 서로 공감하고 긍정을 해야 하는데, 내 생각에는 아내가 매사에 반대를 위한 반대를 하는 것 같다고 느꼈기 때문이다. '남편'이 '남의 편' 같아서, '신랑'과 '실랑(신랑)'이를 하는 일이 태반이리라. 최근 유머 중에 '남편이 로또다.'라는 말을 듣고, 처음에는 '와, 남편을 얼마나 사랑하기에 그런 표현을 하나?' 했더니, 결국은 로또가 하나도 안 맞는 것처럼, 남편도 자기하고 하나도 안 맞는다는 뜻이라는데, 이런 농담을 듣고 '어떻게 이런 생각을 했을까?' 하며 한참 웃고 난 끝은 씁쓸하기 그지없었다. '배우자'의 좋은 점을 '배우자'고 마음먹고, 서로 '가치관'을 맞추도록 노력해야지, '같이 관(가치관)'에 들어갈 때까지 계속 싸우다가 가면 안 되지 않겠는가? 사랑이 없어도 정으로 살고, 항상 서로 안쓰럽고 고맙게 생각하며, 서로 희생하려고 해야 한다. 늦은 밤 골목길에 마중 나갈 때, 설렘이 없고 불타는 사랑은 아니어도 평생을 정으로 기다리며 마중 나갈 수 있는데, 사람들은 초심을 쉽게 잃어버리는 것 같다. 특히 부부간에는 해달라는 것을 해 주는 것도 중요하지만, 적어도 상대방이 싫어하거나 하지 말라는 건 하지 말아야 한다. 아울러, 자식이나 부모님보다 소중한 게 배우자이며, 모든 걸 감싸안으려 노력하는 게 부부임을 명심하고 부단한 노력을 하길 바란다.

역사와 가족, 배우자의 역사

나의 소중한 친구 덕우가 대학에 입학한 첫날 교수님께서, "역사란 과거와 현재의 끊임없는 대화이다(E. H. Carr)."라고 하셨던 말씀이 아직도 기억이 난다 했다. 네이버를 검색해 보니 '역사는 그것을 기술하는 역사가의 의견 관점이 투영이 된다.'는 뜻이라고도 나오는데, 개인적으로는 그것보다 '과거가 없는 현재는 없다.'라는 것에 더 공감이 간다. 상대방의 역사를 알고 인정을 하면 더욱 관계가 좋아지듯이, 배우자의 부모 · 형제도 배우자의 소중한 역사의 일부임을 공감하고, 그분들이 마음에 들지 않는 부분이 있어도 비난하지 말고, 자기의 가족과 똑같이는 못 해도 비슷하게라도 잘 대해 드린다면 더욱 화목한 가정이 될 것이다.

고난의 길, 특허

난 어렸을 때부터 세상에 없는 무언가를 만들어 보고 싶어 했다. 그래서인지, 1983년 상영했던(예고편만 보았지만) '부시맨'을 보고 음료수병에 망원경 기능을 접목하려 해 봤고, 수세식 변기가 보급되던 초기에 변기에 닿는 부분이 너무 차가워 그 위에 덧대는 천을 만들려는 생각도 하였다. 대학교 시절엔, 공사 중인 높은 건물에서 내가 기관총을 메고 악당들과 전투를 벌이는 장면이 반대편 건물 전면 유리창에 거대한 영화 스크린처럼 실시간으로 중계가 되고 있는 꿈을 꾼 적이 있다. 일전에 영화 '다이하드'를 봤던 영향이었는지는 몰라도, 아침에 일어나니 간밤에 꾸었던 그 꿈이 생생히 기억났고, 이를 광고로 사용했으면 좋겠다는 생각을 했으나, 말 그대로 생각에 그치고 말았다(그 몇 년 뒤 실제 TV에서 초대형 건물 전면 유리창을 스크린으로 활용한 광고가 있었다). 또한, 휴대폰이 보급되고 얼마 후에, 당시에는 이름은 붙이지 못했지만 '컬러링' 개념을 생각했고, 승강기를 접한 지 얼마 안돼서는 층수 버튼을 잘못 눌렀을 때 다시 눌러 취소시키는 기능을 생각하였으나, 이미 승강기 회사에서 특허를 출원해 놓은 상태였다. 빈집인지 확인하려고 도둑이 인터폰을 누를 수도 있으므로 인터폰을 누른 사람을 동영상으로 녹화되는 기능을 변리사 사무장에게 의뢰했더니 특허 대상이 아니라는 말을 듣고 포기한 후 몇 달 지나지 않아 외국의 어느 소년이 그런 기능을 출원하여 돈방석에 앉게 됐다는 소식을 접하였으나, 그 사무장에게 따지지는 않았다. 그런저런 일련의 과정을 거쳐 특허청으로부터 특정 기능이 있는 전화기의 실용신안권을 받아 그 권리를 판매하려고 해당 사이트 여러 곳에 등록을 해 보았으나 팔리지 않았는데, 몇 년 후 상공회의소에서 주최한 투자기업과 신생 업체를 이어 주는 박람회에 구경삼아 간 곳에서야 이유를 알았다. 이유는 간단했다. 입장을 바꿔서 생각해 보니 특허권만 팔려는 건 나의 입장이었고, 투자 기업의 입장에서는 서류상 뿐만 아니라 기능을 눈으로 보여줄 수 있는 시제품이 있어야 하는 것이었다. 이후 시장 조사를 해 본 결과, 국내에는 해당 제품을 만드는 곳이 없어 우여곡절 끝에 중국의 공장 섭외 후 수년의 기간과 비용을 들여 시제품을 생산했지만 제2 외환위기로 인해 끝내 눈물을 머금고 접을 수밖에 없었다. 물론 운이 좋게 '이동식 스탠드'의 특허권을 적은 금액에라도 판매한 적도 있었지만 그건 가뭄에 콩 나듯이 아주 드문 경우였다. 그 뒤 특별한 기능이 있는 마우스에 대한 특허권을 받았으나, 시제품을 만들 엄두를 내지 못한 채 12년 이상 특허료만 내고 있는 실정이다. 내가 군이 이렇게 나의 과정을 구구절절이 얘기하는 이유는, 특허로 성공하고 싶은 분이 있다면 특허를 출원했다고 해서 바로 성공이 보장되는 것이 아니라 특허출원은 끝이 아닌 아주 험난한 여정의 시작이니, 심사숙고 후 시작하라는 조언을 하고 싶어서이다.

은마는 오지 않는다

어렸을 때부터 무술 영화를 많이 봐서 그런지, 난 내 몸을 공중에 띄우는 걸 좋아해서 중학교 1학년 때쯤 집에서 이불을 깔고 혼자 연습한 끝에 손을 짚고 앞으로 도는 핸드스프링과, 뒤로 누웠다가 손을 짚지 않고도 '휙' 일어서는 걸 할 수 있게 되자, 나중에 기회가 되면 백 텀블링 등의 공중제비를 배우고 싶었다. 제대후 복학하기 전에 시간적 여유가 있어 우슈 체육관에 등록해서 기계체조의 기본기를 배울 때 관장님이 나보고 어디서 기계체조를 배운 적이 있냐고 물어볼 정도로 어느 정도 타고난 감각과 소질이 있었지만, 백 텀블링을 배우기 바로 전 단계에서, 하필 매번 하던 대로 핸드스프링을 하면 됐는데 그날따라 좀 다르게 해 보면 어떨까 하는 생각에 자세를 바꾸었다가 바닥에 발이 닿는 순간 발뒤꿈치부터 떨어지며 허리에 큰 충격을 받아 그 길로 체육관을 그만두고, 2년 넘게 치료를 받는 등 고생을 많이 했다. 그런 아쉬움이 남아 있던 차에, 4학년 1학기 자유 선택 과목으로 '기계체조1'을 선택하여 체육과 학생들과 수업을 받을 당시 교수님이 내게 시범을 보이라 하신 적이 많았고, 그 결과 A+ 학점을 받았다. 4학년 2학기에도 '기계체조2'를 선택하여 수업을 받아오던

중 겨울이 다가올 무렵 백 텀블링을 배우기 바로 전 단계에서 오
토바이 사고가 나서 남들의 연습 장면만 멍하니 바라보며, '한 번
도 아니고 두 번씩이나 간절히 원하던 걸 배울 수 없게 되다니…'
라며 한탄만 하고 있었다. 또 이런 경우도 있었다. 드럼 치는 걸
배우고 싶어 음악학원에 등록하여 기본기를 배울 때, 원장님께서
내게 음악적인 감각이 남들보다 훨씬 좋다고 칭찬을 해 주실 정
도였는데, 드디어 기본기를 떼고 다른 사람들과 처음으로 합주
연습을 한 바로 그날 자전거를 타고 집에 돌아오다가, 헤드셋을
낀 채 세게 달려오던 고등학생의 자전거에 부딪쳐 넘어지며 팔
이 부러지는 바람에 더 이상 드럼을 배울 수가 없었다. 바로 그때
'은마는 오지 않는다.'라는 영화 제목이 생각났다. 영화는 못 봤
지만, 거기서 '은마'라 하는 것은 구세주 또는 간절히 원하는 것이
아니겠는가. '간절히 원하면 이루어진다.'는 말도 있지만, 위의
내 경우와 같이 간절히 원하는 게 '은마'처럼 오지 않을 수도 있
다. 하지만 '한 개의 문이 닫히면 다른 한 개의 문이 열린다.'라는
말처럼 다른 쪽으로 잘 될 수도 있으니 너무 실망하지는 말자.

박사와 깡패

제목은 기억이 안 나지만 약 30년쯤 전에 읽었던 책에 나온 내용이다. 어떤 박사가 돌아가시자 가족들이 유품을 정리할 때 트럭 몇 대 분량의 책이 나왔는데, 놀라운 것은 그 박사가 사망하기 직전, "내 평생 저 정도의 책밖에 못 읽고 죽는 것이 후회가 되는구나."라는 말을 남겼다는 데 반해, 어떤 깡패는 죽기 직전, "살아 있을 때 남의 것을 더 못 뺏고 죽는 게 너무 후회가 된다."라는 말을 했다 한다. 어떻게 살았건 죽기 직전에는 모두 후회가 남는다는 내용으로, 나쁜 짓만 빼고는 자기 가치관대로 열심히 살다가 죽을 때 후회가 남지 않도록 하기 바란다.

일장춘몽

TV를 통해 보았던 김동길 교수님 생전의 '역사와 인생'이라는 강의에 나온 내용이다. "30대까지는 시간이 아주 느리게 가더니, 40대에 올라서면 뛰어가듯이 마흔하나 마흔둘 마흔셋 등으로 빨리 가고, 50의 언덕에 서면 50, 55, 60, 이렇게 가고, 60되니까

60에서 70으로 직행, 70이 넘으니까 눈 한번 껌뻑이면 1년씩 가더니 어느덧 88이 되었다."고 하셨다. 내 나이 환갑이 조금 안 됐지만, 문득 지난날들을 돌이켜 보니 하루 만에 그 시절이 지난 것처럼 느껴지는 게, '일장춘몽('한바탕의 봄 꿈'이라는 뜻. 인생의 모든 부귀영화가 꿈처럼 덧없이 사라지는 것을 비유하는 말로 한낱 꿈, 부질없는 일, 쓸모없는 생각 등을 가리킨다. 출처 : 네이버)'이라는 말이 떠올랐다. 20살이 된 사람도 지난날들이 하루처럼 느껴지고, 90살이 된 분도 지난날들이 하루처럼 느껴지는 것이기 때문에, 20년이든 90년이든 살아온 날들의 깊이 차이일 뿐, 어차피 인생은 일장춘몽 하루에 불과하다. 90살에 사망한다고 오래 살았으니 덜 슬프고, 20살에 사망한다고 얼마 못 살았으니 더 슬픈 것이 아니라, 슬프지 않은 죽음은 없는 것이다. 살아있는 오늘이 새삼 아름답다고 느껴진다. 재미있고 건강하고 충실하게 오늘을 살도록 하자.

유서 맡기기

어느 날 방송을 통해 임종 체험이란 걸 보게 되었다. 죽음에 대한 두려움을 줄이고, 본인 사망 시 남아 있는 가족에게 고인의 뜻이 무언지 알려 주며, 유족들이 우왕좌왕하는 것을 예방하기 위해 미리 자신의 죽음을 가상 체험해 보는 것으로, 유서를 쓴 후 관 속에 들어가 있는 것까지 체험해 보는 것이었다. 그걸 본 후 나도 바로 유서를 작성해서 가장 믿을만한 친구인 덕우에게 맡겨 놓고, 간혹 수정할 사항이 있으면 수정본을 들고 가서 전에 맡겨 놓은 것과 교체해 놓는다. 유서를 직접 써 보니, 쓰는 순간부터 자기의 삶을 되돌아보게 되어 코끝이 찡해지고, 남은 인생을 어떻게 살 것인지 더 진지해지며, 내가 얼마나 소중한 존재인지 새삼 느끼게 되었다. 지인들에게 유서를 맡겨 놓았다는 얘기를 하면 죽을병 걸렸냐며 의아해하지만, 내가 유서를 맡겨 놓은 지가 10년 이상 되었고, 그 이유를 설명해 주면 다들 공감을 한다. 나중에 자기들도 그렇게 해 봤다고 말하는 사람들은 아직까지 없었지만, 여러분들은 삶이 얼마나 아름다운 것인지 느껴볼 수 있도록 유서라도 꼭 한 번 써 보시기 바란다.

가정교육의 중요성

친한 친구의 얘기를 듣고 놀란 적이 있다. 처가댁 식구들과 일가친척들이 모인 식당에서 그 친구 부인이 저녁 식사비를 낸다 하자, 손아래 처남이 그녀(그 친구의 부인이자 자기 누나)의 이름을 거침없이 부르며, "이거 ○○이가 사는 거야?"라고 했다 한다. 결혼해서 아이가 둘이나 있는 자기 누나에게 말이다. 그 말을 듣고도 장인·장모님뿐만 아니라 거기 모이신 어르신들 누구 하나 그 처남에게 아무런 말을 하는 분이 없어 결국은 참다못한 내 친구가 이건 아니다 싶어, "처남, 결혼해서 아이가 둘이나 있는 누나한테 말버릇이 그게 뭔가?"라고 했는데도, 그 처남을 뭐라 그러는 분들은 없고 오히려 분위기만 싸늘해졌다고 한다. 그 친구는 처가댁 식구들에게 눈치는 좀 보였지만 그래도 할 말은 했으니 후회는 없다 하면서도 아직도 그 생각을 하면 분이 안 풀린다고 했다. 이런 걸 보면 가정교육이 얼마나 중요한지 느낄 수 있다. 거기 있던 어르신들 중 누군가는 내 친구가 그런 얘기를 하기 전에 (일부러라도)그 처남을 따끔하게 나무랐어야 한다. 보나 마나 그전부터 그런 일들이 있어도 뭐라고 하는 사람이 없었으니 그 처남이 계속 그러지 않았을까 싶다. 물론 부모가 모범을 보이고 아무리 가정교육을 잘 시켰어도 빗나가는 자식들도 있지만, 대부분은 부모의 가르침대로 되는 경우가 많다. 가정교육은 거의 20년가량을 한 얘기 또 하고 또 하고 해서 자동으로 세뇌 교육이 되어 그 자녀가 올바른 인성을 갖추는 데 도움이 많이 되기 때문이다. 잔소리한다고 아이들이 싫어해도 할 말은 하고 살아야 한다.

두뇌 훈련

젓가락으로 콩을 집는 것이 두뇌 발달에 좋다는 얘길 듣고 아이들이 어렸을 때부터 그걸 많이 하도록 했고, 거기에다가 내가 개발(?)한 다음과 같은 방법으로 훈련을 시켰다. A4 용지에 바둑판 모양으로 촘촘히 선을 그어 놓고(물론 컴퓨터로 그린 것이지만), 쌀을 손으로 집어서 그 위에 놓게 하는 것이었다. 처음에는 한 칸마다 쌀알을 놓게 하고, 그다음엔 두 칸, 세 칸마다 놓게 했고, 그게 익숙해지면 양손을 번갈아 가며 오른손, 왼손 각각 숙달되게 시켰다. 그 결과 천재가 되지는 못했어도 어느 정도 효과는 있는 것 같으니 여러분들도 이 방법을 사용해 보시기 바란다.

내겐 특효인 불면증 치료제

나는 잠을 잘 자는 편이라 수술이나 시술 등을 받고 병실로 온 후 통증이 아주 심한데도 불구하고 밥 먹는 시간을 빼고는 며칠 간 계속 잠만 자다 보면 어느샌가 많이 나아진다. 하지만, 그런 것과는 달리 스트레스를 굉장히 많이 받거나 걱정 또는 큰 고민이 일이 있을 때에는, 밤에 잠을 자려고 누우면 복잡한 생각들이 떠올라 잠이 바로 들지 않고 한참을 뒤척이다 간신히 잠이 들기도 했다. 그런 순간에 명상이 중요하다는 건 알고 있었지만, 명상 중에도 잡생각이 떠오르자 나만의 방법을 터득했다. 잠자리에서 몸과 마음의 긴장을 풀어 주는 것이 기본이므로, 똑바로 누운 상태에서 먼저 양팔과 양발을 살짝 벌린 상태에서 양쪽 발뒤꿈치로 힘을 지탱해서 허리를 위로 살짝 들었다가(여기서 살짝 드는 높이는 모두 약 10cm 정도이다) 놓아서 몸을 완전히 일직선으로 만든다. 그다음엔 엉덩이 윗부분과 뒤통수를 지지대 삼아 양쪽 어깻죽지를 살짝 올렸다 내려놓아 척추를 똑바로 펴준다. 다음은 양쪽 팔을 살짝 올렸다 내려놓고, 그다음은 발을 살짝 들었다 내려놓은 후, 온몸이 바닥에 들러붙었다는 느낌이 들 정도로 온몸의 힘을 완전히 뺀다. 마지막으로, 무념무상(전혀 아무 생각도 하지 않는다.)의 한자 '無念無想'을 현판 그림으로 떠올리며 계속 무념무상을 속으로 되뇌다 보면 어느새 꿈나라로 가게 된다. 이 방법이 내겐 특효인 불면증 치료제이니 여러분들도 잘 따라 해서 불면증으로 고통받는 일이 없기를 기원하는 바이다.

우울증과 스트레스에 대하여

사람이 살다 보면 스트레스를 안 받거나 우울해지는 순간이 전혀 없을 수는 없다. 사람에 따라 감기처럼 스쳐 지나갈 수도 있지만, 어떤 사람은 불치병처럼 목숨까지 위협하거나 실제로 목숨을 앗아가기도 한다. 힘든 일들을 계속 생각하다 보면, '남한테 잘못한 것도 없는데 왜 내게 이런 일이 생길까, 인생이 뭘까?' 하며 심각하게 삶의 회의를 느끼다가 스스로 생을 마감하기도 한다. 다행히도 인간은(다른 동물들도 그렇겠지만) 한순간에 두 가지 생각을 할 수가 없게 만들어졌다. 그러니 안 좋은 생각이 들 때에는 운동을 하거나, 억지로라도 다른 생각을 하도록 열심히 훈련해야 한다. 전술한 바와 같이 10년 이상 우울하게 지냈던 나의 경험을 바탕으로 하는 애기이니, '네가 나의 고통을 아느냐?'며 이 방법이 맞지 않다고 생각하는 분은, 한가해서 우울증을 앓는다고 비난하는 것이 아니니, 진정으로 마음을 열고 이 얘기를 들으셨으면 좋겠다. 아무튼 위의 방법을 꼭 활용해서 소중한 여러분 자신을 지키고, 인생을 밝고 힘차게 보내시기 바란다.

자살에 대한 생각

2007년 1월 하순, '유니'라는 가수의 자살 소식이 들려왔다. 자살의 주된 원인이, 우울증이 있던 데다가, 다른 사람들이 성형수술을 받은 자기에게 '인조인간'이라고 비아냥거리는 것 때문이었다 한다. 누군가 자살했다는 소식을 들으면, 한편으로는 '오죽했으면 자기의 목숨을 끊었을까?'라는 생각도 들지만 절대 그러면 안 되는 것이다. 자살은 남아 있는 가족을 포함하여 사랑하는 사람이나 친구들에게 평생 치유될 수 없는 크나큰 상처를 남기는 행동이다. 생각해 보라. 만일 내가 자살했다고 치면, 나의 자살 사실을 모르는 누군가가 나의 가족, 나의 사랑하는 사람이나 친구에게 나의 안부를 물을 때마다, "그 사람(아버지, 어머니, 형, 누나, 동생, 그 친구 등) 자살하셨어요…"라고 대답한다고 생각해 보라. 말도 안 되는 참으로 끔찍하고 슬픈 일이다. 세상에 자기 목숨보다 소중한 것이 어디 있단 말인가? 많이 들어 보았겠지만 '자살'을 거꾸로 읽으면 '살자'이다. 바로 위에서 언급한 우울증과 스트레스를 극복하는 방법을 참조하여 어떤 일이 있어도 꿋꿋하고 당당하게 잘 살기를 바란다.

탈영병에 관하여

간혹 방송에서 탈영병에 관한 뉴스가 나오는데, 그 이유로는 선임들의 괴롭힘이나 사랑하는 이의 변심이 가장 많을 것이다. 하지만, 어떠한 이유로라도 탈영은 안 된다. 자기의 인생만 망칠 뿐이다. 선임들의 괴롭힘이 이유라면, 혼자서 맞서 싸울 수는 없으니 두려워하지 말고 책임자에게 그 사실을 당당히 알리고 그들과 분리시켜 달라고 강력히 요구해야 한다. 만일 그렇게 해 주지 않으면 행정반(요새도 그런 표현을 쓰는지는 모르겠지만, 부대 내의 사무실을 말한다)에 들어가서 요구를 들어줄 때까지 나오지 않아야 한다. '법은 권리 위에 잠자는 자를 보호하지 않는다.'라는 말처럼, '누군가 해 주겠지.'라거나, '어떻게 되겠지.'라고 생각하고 아무것도 하지 않으면 법의 보호를 받을 수 없으므로 적극적으로 행동하기 바란다. 한편, 사랑 때문에 탈영했다면, 그 사람들(스토커를 제외하고)은 세상을 모르는 참으로 어리석을 정도로 순진하고 순정파인 사람들이다(비하하려는 의도는 전혀 없고 진심으로 가슴이 아프다). '난 어떻게 돼도 상관없고, 너를 위해 내 인생을 다 걸었으니 그걸 알아줘!'라는 신념으로 그렇게 행동하는 것이다. '얼마나 사랑했으면 그럴까?' 하는 마음도 있지만, 그래도 용서받을 수는 없고, 결과는 자살이나 감옥행일 뿐이다. 또한 입장을 바꿔서 생각해 보라. 상대방에게 이제 그만 만나자고 했음에도 아랑곳하지 않고 목숨 걸고 무모한 행동을 한다면, 그런 사람은 두려움과 공포의 대상일 뿐이지 않겠는가? 사랑하는 이와의 이별 때문에 슬퍼하는 그대들이여, 그래봤자 지나고 나면 앞서 '고통의 미화' 편에서 언급한 것처럼 고통을 즐기고 미화시킨 걸 후회하게 되는 날이 분명히 오리니, 나중에 감정 낭비나 건강 낭비, 시간 낭비 등 모든 면에서 후회하지 말고 다시 한 번 이성적으로 생각해 보기 바란다.

군기 빡센(?) 곳

제대한 친구들이나 지인들의 얘기를 들어 보면 한결같이 자기가 근무했던 곳이 가장 군기가 '빡셌다(?)'고 한다. 내가 경험했거나 들었던 얘기를 종합해 보면(부대별 상황에 따라 다르겠지만), 비교적 훈련이 적은 부대가 군기가 세고, 공수부대 같은 곳이 군기가 덜 센 것 같다. 그 이유를 살펴보면 어느 정도 이해가 갈 것이, 훈련이 적은 부대는 비교적 시간적 여유가 있는 편이라 속칭 '쫄따구(후임병)'들을 갈굴(?) 시간이 많아서 그런 것 같고, 공수부대 같은 곳은 위험한 훈련이 많아 동료들이 실수하면 언제 같이 죽을지도 몰라 전우애가 끈끈할 수밖에 없는 데다가, 훈련 자체도 많지만 훈련이 너무 힘이 들어 자기 몸 간수하기도 귀찮은 까닭에 후임들을 괴롭힐 새가 없어서 그런 것 같은 생각이 든다.

귀신 이야기-1

난 어릴 적에 공부는 잘했지만 되게 순진하고 겁이 많아 귀신을 상당히 무서워했다. 국민학교 들어가기 전, TV를 통해 손톱이 아주 긴 귀신의 뾰족한 손이 방바닥 밑에서 올라와 "히히히히~" 하고 소름 끼치는 소리를 내며 주인공의 발을 잡으러 온 방바닥을 헤집고 다니는 것을 본 후부터는, 집에 혼자 남겨져 있을 때에는 한여름 대낮이건 아니건 간에 어김없이 방바닥에 두꺼운 이불을 깔아 놓고, 역시 두꺼운 이불을 온몸에 똘똘 감고 땀을 뻘뻘 흘리며 식구들이 올 때까지 무서움에 벌벌 떨고 있었다. 가뜩이나 내 방 창문 밖 너머에 산이 보여서 더욱 무서운 분위기였으며, 그런 무서움을 잊어버리는 데에 아주 한참이 걸렸던 기억이 난다.

귀신 이야기-2

고등학교 2학년 봄의 일이었다. 같은 반 친구 ㄱㅂ이가 어머님이 돌아가셨다는 비보를 접하고 눈물을 흘리며 주섬주섬 가방을 챙겨 급히 집으로 갔다. 그와 친한 친구들 얘기를 들어 보니 아버지도 일찍 돌아가셨기 때문에 이제는 여동생과 함께 고아가 되어 버렸다고 했고, 그 얘기를 들은 친구들은 다들 안타까워하며 그 상갓집에 가서 돌아가며 밤을 새워 주자고 했다. 그날 수업이 끝나고 많은 친구들이 밤늦게까지 있어 주며 위로를 해 주었고, 난

둘째 날 문상을 갔다. 그때만 해도 장례식장보다는 거의 자기들 집에서 장례를 치르던 시절이어서 급우들과 함께 그 친구의 집으로 갔다. 어른들은 거의 보이지 않았고, 대부분 우리 반 친구들만 모여있었는데 그야말로 슬픔의 바다였다. 우리 반에서 키가 제일 큰 친구였지만 미성년자인 ㄱㅂ이가 상주였기 때문에 조문객을 맞이하기 위해 여동생하고 나란히 앉아 있는 모습이 안타까워 보기만 해도 눈물이 나서 밤늦게까지 있어 주다가 막차를 타고 집으로 들어갔다. 한편, 아주 의아한 일이 하나 있었다. 내 바로 앞에 앉아 있는, 나하고 상당히 친한 주석이라는 친구는 평소에 쓸데없는 말을 하지 않고 의리가 있어 친구들이 좋아했고 나와도 아주 친한 친구였는데, 그런 친구가 장지에 가자는 말이 없는 건 고사하고 웬일인지 이틀간 문상도 가지 않는 것이었다. 반 아이들 모두 상을 당한 친구와의 친분을 떠나서 상갓집에 적어도 이틀 중 하루는 문상이라도 갔다 왔지만, 그 의리 있는 주석이가 그렇게 하지 않았다는 건 있을 수 없는 일이었기 때문이었다. 하지만 난 그 친구에게 그 이유를 묻지 않았다. 그럴 만한 사정이 있으리라고 생각되었기 때문이었다. 이후 장례식이 끝난 다음 날 야간 자율학습 시간에 주석이가 먼저 입을 열었다. "실은 나 스무 살이 되기 전까지는 상갓집에 가면 안 돼." "그래? 왜?" 그러자 그 친구는 자기 가문의 숨겨진 일화에 대하여 이야기를 해 주기 시작했다. "우리 아버지가 5대 독자라서 할아버지께서 우리 아버지를 튼튼하게 키우시려고 어렸을 때부터 권투를 포함해서 다른 운동들을 많이 시키셨어. 그런데다가 우리 아버지는 담력이 굉장히 강하셔서 웬만한 건 잘 놀라지도 않으셔. 얼마나 담력이 세시냐 하면 6.25 때 전령을 하실 정도였지. 전쟁 중에 전령들은 낮에는 적들을 피해 숨어 있다가 밤이 돼야 움직일 수가 있으니, 생각해 봐! 아무리 낮이라고 해도 적군에게 들키지 않으려고 하루 종일 꼼짝도 못 하고 숨어 있으려면 얼마나 힘들고 무섭겠어? 그리고 밤에는 적군도 적군이지만 무성한 수풀에다가 무덤과 시체도 많아서 칠흑같이 어두울 때 그런 곳을 지나가려면 웬만한 강심장도 그런 임무는 맡을 엄두도 못 내겠지. 아무튼 당시에 모든 전령들이 항상 둘이서 다녔는지는 모르겠지만 아버지가 다른 한 분과 함께 그날도 낮에는 적들의 눈을 피해 숨어 계시다가 해가 지는 어스름할 무렵에 주변을 살펴보시고 아무도 없는 걸 확인하신 후 강가로 나와 잽싸게 대충 씻고 목을 축이시는데, 강 건너편에서 무언가 물 위에서 차박차박 소리를 내면서 그 두 분이 계시는 쪽으로 다가오기에, 처음엔 '커다란 물고기겠지.'라고 생각하셨는데 그게 어느 정도 가까이 왔을 때는 사람처럼 보였대. 물 위를 걷는 게 사람일 리가 없어 다시 자세히 보시니 흰옷을 입고 머리가 긴 전형적인 귀신의 모습을 한 것이 계속 다가오더래. 같이 계신 그분도 "봤냐? 맞지?" 하셨대. 담력이 굉장히 센 두 분이 동시에 헛것을 보셨을 리는 없는 거고, 아무리 담력왕이라 하더라도 그런 형체가 다가오면 그걸 맞닥뜨릴 사람은 아무도 없겠지. 두 분은 누가 먼저라 할 것도 없이 '걸음아, 나 살려라!' 하고 젖 먹던 힘까지 다해서 도망을 치셨대. 몸을 더 이상 움직일 수 없을 때까지 도망가셨고, 아무도 안 보이는 곳에 숨어서 서로 눈빛만 마주쳐도 무서워하시다가 어느 정도 진정된 후 그건 귀신임에 틀림없었다고 결론을 내리셨고, 한참 동안 그 모습이 잊혀지지 않아 엄청 고생하셨대. 전쟁이 끝나고 가족의 품으로 돌아와 그 일을 할머니한테 말씀드리자, 할머니께서 어딘가 갔다 오셔서는 아버지에게 말씀하시더래. '용한 점집에서 하는 말이, 네 6대 선조께서 바다에서 잡으신 물고기 중에 용왕님의 자식이 있었단다. 자식을 잃은 용왕님이 우리 가문에 저주를 내려 아무리 아들을 많이 낳아도 한 명만 빼고는 모두 돌아가셨기 때문에 여태까지 5대 독자로 내려왔다는 것이란다. 그래서 그 용왕님께 제사를 정성껏 지내고 부적을 그 근처의 큰 바위에 붙여 놓았으니 이제 앞으로는 그런 일이 없겠지만, 만약 그 자손들이 스무 살이 되기 전에 상갓집에 가게 되면 그 자식은 죽게 될 것이니 명심하고 자손들에게 꼭 얘기해 주거라.'라고 하셨대. 그래서 내가 상갓집에 안 간 거야."라고 하는 것이었다. 그 얘기 자체는 그 옛날 '전설의 고향'에 나 나올 법한 이야기였지만 나는 주석이가 허풍쟁이이거나 거짓말을 하는 친구가 아니었기 때문에 그 말을 믿을 수밖에 없었다. 그런데 그것보다 더 무서웠던 건, 주석이가 어렸을 때 보았던 귀신에 대한 이야기였다. 그 친구가 어렸을 때 아버지는 돈 벌러 해외에 나가 계셨고 어머니는 장사를 하셔야 했기 때문에 어린 주석이를 충북 영동의 한 시골 마을에 살고 계시던 할머니에게 맡기셨다 한다. 어느 날, 그날도 낮에 신나게 놀고 나서 평상시처럼 할머니와 같은 방에서 자고 있다가 갑자기 잠이 깬 순간, 그때의 집들이 그랬듯이 그 집도 나무 창살에 흰 종이를 바른 미닫이 문이었는데, 하얀 한복을 입고 머리를 풀어 헤친 여자가 그 미닫이문을 그냥 통과해 오더니 손에 낫을 들고 그 친구를 노려보면서 한 걸음 한 걸음 다가오고 있었다 한다. 그 모습을 보고 기겁을 하여 "할머니! 할머니!" 하고 부르는데 너무 놀라 목소리도 안 나오고 몸도 전혀 움직이지 못하는 상태에서 발버둥을 치다가 간신히 할머니를 발로 톡 차자 할머니가 "왜 그래?" 하시며 일어나시는 순간 그 귀신이 사라졌다는 것이다. 그 일이 있고 나서 어린 주석이는 너무 무서워서 오랫동안 두려움에 떨며 그 일을 잊는 데 아주 오랜 시간이 걸렸고 지금까지도 너무도 생생하며, 만일 그때 할머니가 안 계셨다면 죽었을지도 모른다고 했다. 내 생각도 그렇다. 그런 상황에 할머니가 계시지 않았다면 그 친구는 귀신이 죽이지 않았더라도 분명 놀라서라도 죽었을 것이다. 물론 어떤 이들은 그런 게 바로 가위에 눌린 것이라고 말할 수도 있겠지만, 학교도 들어가지 않은 어린 꼬마가 가위를 눌릴 리는 없다고 본다. 어쨌든 그 친구가 자기네 가문의 숨겨진 일화에 대한 걸 알고 난 이후부터는, 남동생과 자기 둘 중에 하나는 죽을지도 모른다는 두려움에 항상 떨어야 했고, 그래서 이번에 상갓집에 안 간 것이었다. 어찌 들어 보면 허황된 이야기일 수도 있겠지만 방금 얘기한 것처럼 나는 그 친구를 믿는다. 영원히. 그리고 지금이 글을 쓰는 동안에도 주석이가 겪었던 그 상황을 상상하면 소름이 돋는데 이것 또한 영원할 것이다.

귀신 이야기-3

바로 위의 주석이의 이야기를 들은 날로부터 얼마 지나지 않아, 김ㅇ호 한문 선생님께서 아주 진지한 표정으로 당신이 겪었던 귀신 이야기를 해 주시겠다고 하자, 급우들이 "에이~"라고 했더니, 선생님께서는 교사가 학생들에게 거짓말하겠냐며 교사의 명예를 걸고, 심지어는 당신의 목숨까지도 걸고 정말로 본인이 경험하셨던 거라며 다음과 같은 이야기를 해 주셨다. 선생님이 졸업하신 게 ㅇㅇ대학교로 기억되는데, 그 선생님이 대학교 기숙사 생활을 할 때의 일이었다 한다. "기숙사에 들어간 지 몇 달이 지나고 또 그다음 해에도 계속 비워두던 방이 하나 있었는데, 처음엔 '수리 중인가 보다.' 하고 대수롭지 않게 생각했지. 어느 비 오는 날, 새벽까지 공부를 하고 있는데 웬 여자 울음소리가 들려왔어. 그전에도 비 오는 날 새벽에 그런 적이 있었던 터라 하도 이상해서 복도 끝 쪽으로 가다 보니 뭔가 희미하게 하얀 물체가 보이기에 그게 뭔지 확인해 보려고 가까이 다가갔다가 너무 놀라 기절할 뻔했지. 하얀 옷을 입은 여자가 거꾸로 매달려서 나를 똑바로 쳐다보고 있는데 하필이면 바로 그 옆에 있는 소화전의 빨간 불빛까지 더해져 소름이 끼치도록 무서웠어. 걸음아 나 살려라 하고 내 방으로 후다닥 들어와서 밤새 공포에 떨다가 날이 밝자 무슨 일인지 알아봐야겠다는 생각이 들어 몇 날 며칠을 수소문하다가 알게 된 사실이, 그 비어 있던 방에서 몇 년 전 비

오던 날에 어떤 여학생이 목을 매서 자살을 했대. 그래서 나와 친구들이 그 방에서 제사를 지내주며 죽은 이의 영혼을 달래줬더니 그 이후로 그런 일은 사라졌어. 지금 이 이야기를 하는 순간에도 내 팔에는 닭살이 돋아. 이거 봐! 다시 한번 강조하지만 이건 장난이 아니고 실제로 내가 겪었던 일이야." 그 이야기를 들은 우리들도 너무 놀라 역시 소름이 끼치면서 닭살이 돋았다. 그리고 한동안 그 선생님의 표정과, 그분이 보았던 소화전 앞에 거꾸로 매달려 있던 그 귀신의 모습이 떠올라서 조금만 어두운 곳에 가도 겁이 났으며, 지금도 그 생각을 하면 소름이 끼치고, 지인들과 어쩌다가 귀신에 대한 이야기를 할 때면 그 얘기를 꼭 해 주는데, 듣는 사람 100이면 100 모두 무서워한다. 지금도 어두운 밤에 소화전을 보면 그 생각이 나서 솔직히 무서울 때도 있다. 이 또한 평생 잊지 못할 것이다.

귀신 이야기-4

대학교 3학년의 11월 초순경, 이루지 못한 첫사랑에 대한 슬픔이 극에 달해 무작정 겨울 바다로 혼자 여행을 떠났다. 당시에 사용하던 카세트테이프 A면에는 지금은 고인이 된 김현식 씨의 '내 사랑 내곁에'만을, B면에는 역시 그분의 '추억만들기'만을 녹음해 놓고 기차 안에서 내내 카세트 플레이어로 그 음악만 들으면서 차창 밖으로 스치는 풍경들을 바라보았다. 나뭇잎들이 모두 떨어져 앙상한 가지만 남은 데다가 슬픈 음악만 들어서인지 차창 밖의 풍경들도 무척이나 쓸쓸하고 우울해 보였다. 대천에 도착하여 몇 시간을 혼자서 그 테이프를 들으며 이 생각 저 생각과 함께 바닷가를 거닐다 보니 어느 순간 저녁때가 되었다. 밥 생각은 별로 없었지만 어느 식당에 들어가 혼자 밥을 먹고 나서 또 그렇게 몇 시간을 바닷가를 거닐다가 맥주 두 병을 사서 바다가 제일 잘 보이는 민박집을 골라서 들어갔다. 민박집 안에 들어가 맥주 한 병을 따서 마시고 한참 동안을 첫사랑 생각을 하면서 바다를 바라보다 보니 어느새 밤이 찾아와 그 짙푸른 바다 역시 깜깜해졌다. 그렇게 슬픔에 잠겨 바다를 바라보던 도중 술이 약한 나는 맥주 한 병에 취기가 올라 나도 모르게 스르르 잠이 들었다. 얼마나 지났을까? 바다 쪽으로 향하여 있는 새시 문에서 '똑똑똑' 하는 노크 소리에 잠시 잠이 깼지만 그 시간에 누가 나를 찾아올 일이 없었기에 '잘못 들었겠지!'라 생각하고 밀려오는 잠을 못 이겨 도로 잠이 들었다가 문을 빨리 열어달라는 듯이 계속해서 문을 세게 두드리는 소리에 눈을 떠보니 번개가 치며 세찬 비바람이 새시 문을 마구 두드리고 있었다(알고 보니 조금 전에 잠에서 깨게 만든 노크 소리도 비바람 때문이었다). 거기에 더해 여기저기에서 고양이들의 울음소리까지 들려와 분위기가 아주 음산하던 차에 아주 이상한 일이 벌어졌다. 목이 무언가에 눌린 듯이 너무 답답하고 숨을 쉬기가 힘이 들어 왜 그런가 보니, 강아지만 한 하얀 물체 두 개 중 하나는 내 가슴 위에 올라타 내 목을 꽉 누르고 있었고, 또 하나는 (옛날에 주로 사용하던)형광등 옆의 줄 스위치 끝에 매달려 있었다. 나는 목을 졸리고 있어 아무 말도 할 수 없었을 뿐만 아니라 온몸을 꼼짝할 수도 없어 그저 그들(?)을 바라만 보고 있었다. 그러던 차에 내 목을 누르고 있던 흰 물체가 형광등 줄에 매달린 흰 물체에게 말했다. "야, 얘 죽여 버릴까?" 그러자 위에 있는 물체가 대답했다. "얘가 우리한테 잘못한 것도 없는데 살려 주지 뭐." "그럴까?" 그 말과 동시에 그 두 물체는 갑자기 사라졌고, 나는 그제야 제대로 숨을 쉬고 움직일 수가 있었다. 어느 정도 안정을 취하며 그게 뭐였는지, 꿈이었는지 한참을 생각했지만, 아무리 생각해도 가위를 눌리거나 헛것을 본 것은 절대로 아니었다. 한창 클 나이인 중·고등학생 때 가위에 종종 눌리곤 해서 그 느낌을 잘 나는 나로서는 방금 경험한 것이 절대

144

가위가 아님을 확신할 수 있었다. 계속해서 천둥소리와 비바람이 새시를 때리는 소리, 고양이 울음소리가 크게 들려왔고, 새시 유리를 통해서 바닷가를 보니 번개가 하늘 중간에서 옆으로 번지는 모습이 무척 기이했지만, 한편으로는 신비롭고 아름다웠다. 여러 모로 싱숭생숭해서 잠이 오지 않아 남아 있는 맥주 한 병을 따서 마시니 다시 취기와 함께 잠이 와서 자리에 누웠다. 눈을 떠보니 창밖은 어둠이 걷히고 천둥·번개도 비바람과 함께 사라졌지만, 하늘이 흐리고 바다 역시 그 특유의 아름다운 빛을 잃고 탁한 모습으로 나를 바라보고 있었다. 다시 사색에 잠겨 바닷가를 한참 서성이다 자취방으로 돌아오는 내내 다시 그 테이프를 들으며 오는데, 생각이 정리되기는커녕 첫사랑에 대한 그리움과 슬픔이 더욱더 커지기만 했다. 그리움이란 정리하려 하면 할수록 더욱 커지는 것인가 보다…

귀신 이야기-5

첫째 아이의 돌 즈음이었다. 당시 나는 흔히 말하는 백수였으므로, 다음날 출근을 해야 하는 아내라도 편히 자게 하기 위해 내가 거실에서 아이를 재우다가 잠이 들었을 때였다. 검은 갓을 쓰고, 검은색 도포를 입은 사람 2명이 다가오는데, 가까이 왔을 때 보니 얼굴은 핏기가 하나도 없는 흙빛이고, 입술조차 새까만 게 어렸을 적 TV에서 보았던 '전설의 고향'에 나오는 저승사자의 모습과 완전히 똑같았다. '아, 이분들이 저승사자이고, 이게 바로 저승 가는 길이구나! 내가 죽으면 이 아이와 내 가족들은 어떡하지?'라는 생각이 들면서 지난날이 주마등처럼 스쳐 갔다. 바로 내 앞에 서서 무서운 표정으로 내 얼굴을 한참 동안 뚫어져라 쳐다본 후 내 미간 사이에 있던 점을 가리키며, "점 빼!"라고 하고는 감쪽같이 사라져 버렸다. 놀라서 눈을 뜨니 바로 앞 장에서 애기한 대천에서처럼 창밖에 천둥·번개가 치면서 비바람이 심하게 부는 것이 아주 요란했다. 일어나서 거울을 보았더니 공교롭게도 그 자리에 점이 있었고, 꿈에 본 그 저승사자들의 모습과 표정, 남기고 간 말이 계속 생각나 잠이 오지 않아서, 점을 빼야 하는지 아니면 그저 단순히 꿈일 뿐이니 무시해야 하는지 계속 고민이 되었다. 아침부터 아내에게 그 얘기를 할 수는 없었고, 저녁에 아내가 퇴근하여 집에 온 후 식사를 마치자마자 내가 간밤에 겪었던 일을 얘기했다. 처음에는 공포 분위기였다가 "점 빼!" 이 두 단어로 끝나니 아내가 황당해하며 웃기 시작했다. 나 또한 애기해 놓고 보니 그랬다. 어쨌든 꿈이라고 무시하기에는 영 개운치 않아 그 점을 빼는 것이 낫겠다는 결론에 도달하여 그다음 날 바로 인근의 병원에 가서 점을 빼고 나니 우환이 사라진 것 같고, 모든 일이 잘 풀릴 것 같은 기분이 들어 꿈에 만난 그 저승사자님들에게 한없이 고마운 생각이 들었다.

귀신 이야기-6

결혼하고 몇 년 뒤 아내에게 들은 얘기다. 자기 동생(나에게는 손아래 처남) 'C'가 어렸을 적부터 겁이 많아 자기 딴엔 배짱을 키우려 해병대에 지원하여 백령도에 배치되었을 때의 일이었다. 어느 날 밤 부대 외곽으로 나가서 경계근무를 서던 도중 갑자기 기절해서 실려 갔는데, 다음날 깨어나서 다른 부대원들이 왜 그랬냐고 물어보니, 근처의 나무에 소복을 입은 귀신이 매달려 있어 그런 것이라고 얘기하자, 부대원들이 그 현장에 갔다 와서는 이렇게 말했다 한다. "네가 어제 봤던 그 귀신은 근처에서 날아온 비닐하우스의 조각이었다, 인마. 정신 똑바로 안 차릴래?" "…" 한편, 귀신에 대한 나의 생각을 얘기하자면, 나는 지금은 귀신을 믿지 않는다. 왜냐하면, 만일 귀신이 있다면 자기를 죽게 만든 자를 찾아가서 반드시 복수를 할 텐데 현실에서는 그런 일이 없을 뿐더러, 우리가 아무렇지도 않게 죽이는 모기, 파리, 바퀴벌레 같은 건 귀신이 되지 않고 오직 인간만이 귀신이 된다고 하는 것은 너무 지나친 인간 중심주의 사상이라고 볼 수밖에 없기 때문이다. 또 다른 얘기를 잠깐 하자면, 신혼 초에 누군가 우리 집의 초인종을 누르기에 문을 열어 주었더니, 전도 나온 교인이라며 하나님이 어디 계시는 줄 아냐고 내게 물어보았다. 대답을 하지 못하고 가만히 있자 그분은, "하나님은 마음속에 계십니다."라고 말하는 것이었다. 그렇다. 내가 내린 귀신에 대한 결론도 역시, '귀신은 마음속에 있다.'이다. 위에 언급된 사례에서, 담이 크거나 귀신을 믿지 않는 사람은 멀리서 귀신같이 생긴 걸 봐도 놀라지 않을뿐더러 오히려 그게 뭔지 확인하러 가겠지만, 담이 약하거나 귀신이 있다고 생각하는 사람은 멀리서 흰 비닐만 보더라도 그게 귀신인 줄 알고 놀라거나 기절할 것이다. 또한, 설령 귀신이 있다고 하더라도, 귀신이 사람을 직접 죽이는 것이 아니라, 사람이 귀신을 보고 놀라서 죽는 것이리라 생각된다. 하지만, 우스갯소리로 귀신이 있다면 지금 이 글을 보고, "뭐, 내가 없다고?" 하면서 갑자기 내 앞에 탁 나타날 것 같기도 하다.

사형제도

뉴스에서 짐승만도 못한 천인공노할 흉악범들에 관한 내용이 나오면 흔히들 "저런 놈들은 당장 죽여 버려야지, 왜 국민들이 낸 세금으로 먹여 주고 재워 주고 하는 거야? 본보기로 사형을 시켜야 그런 걸 보고 무서워서라도 저런 짓을 못 하지! 에이, 쯧쯧쯧…"라고 한다. 본인도 똑같은 생각을 가지고 있었는데, 2009년 개봉한 '집행자'라는 영화를 보고 나서는 사형제도에 대해 다른 시각을 가지게 되었다. 내용인즉슨, 사형에 대한 판결은 판사가 내리지만, 집행을 하는 것은 집행관으로, 집행관들도 사람이기 때문에 아무리 법의 명령이라 하더라도 그걸 직접 실행하는, 즉, 자기 손으로 사람을 죽인다는 것에 대한 거부감이나 두려움, 죄책감 등으로 트라우마에 시달린다는 것이다. 영화를 보고 나니 공감이 되는 얘기였지만, 그럼에도 불구하고 증거가 명명백백한 흉악 범죄에 대해서는 반드시 사형제도가 필요하다고 생각되므로 어떻게 하면 좋을지 생각해 보다가 내 나름대로 결론을 내려 보았다. 현실성은 없지만, 만일 위의 문제 때문에 사형을 집행하지 못한다면, 피해자의 유족에게 집행할 수 있는 기회를 주고, 그들마저도 하지 못한다는 의사를 표시하면 그때는 어쩔 수 없이 집행을 계속 보류하는 것은 어떨까 하는데, 여러분들의 생각은 어떨지 참으로 궁금하다.

모계 유전자가 강한 이유

모계 유전자가 부계 유전자보다 강하다는 얘기를 듣고, 그 이유를 복잡한 의학적이나 생물학적으로가 아닌, 아주 단순하게 생각을 해 본 결과, 정자의 생성 기간은 약 12주, 즉, 아버지 몸속에서는 3개월 정도밖에 있지 못하지만, 임신(수정)된 후 엄마의 몸속에서는 그보다 훨씬 긴 9개월 정도는 있으므로 모계의 영향을 많이 받을 수밖에 없다는 나만의 결론을 내렸다.

돈이 피해 다니다가

대기업에 다닐 때 하필 내가 계열사를 이동한 지 약 3개월 만에 이전에 다니던 계열사 임직원들에게 우리사주를 아주 싸게 살 수 있는 기회를 주어 나의 동기생들은 결과적으로 약 3~4억 원을 받는데 난 그러지 못했으니, 3개월 차이로 기회비용 4억 원 정도가 날아간 적이 있었고, 퇴사 후에는 특허를 포함하여 내가 손을 대는 사업마다 아무리 열심히 해도 시장 상황의 변동으로 인해 망했거나 크게 재미를 보진 못했다. 그러던 중 문득 '내가 너무 돈을 쫓아다녀서 그런 거 아닐까?'라는 생각이 떠오르며 비유는 약간 다르지만, '자기를 싫다 하는 사람을 쫓아다녀 봐야 상대방은 더 싫어할 것이고 사이만 더 벌어질 뿐이다. 나한테 돈도 그런 존재인 것 같다.'는 생각이 들어 내 나름대로 결론을 내렸다. '그래, 그렇게 쫓아다녀도 안 되는 것은, 마음을 비우고 뒤돌아서 열심히 가다 보면 결국에는 딱 마주칠 날이 반드시 온다!'고 믿고, 당장 큰돈을 벌려는 마음을 접고 열심히 살면서 돈을 허투루 쓰지 않다 보니 지금은 다소 큰돈을 만질 수 있게 되었다. 명백한 실화다.

건강이 최고다!

고등학교 때 비 오는 날 트럭이 다 지나간 줄 알고 도로를 건너다 트럭 중간 옆 부분에 허벅지 앞부분이 부딪혀 '빡!' 소리가 나도 멀쩡했고, 학교 운동장의 이동식 농구대 쇠바퀴가 내 발등을 깔고 지나가도 전혀 이상이 없었기에, 세상에서 내가 제일 튼튼한 사람이라고 자부했었다. 하지만 쉰 살이 넘어서자 손가락과 어깨 같은 관절이 안 좋아지며 염증이 생기기 시작하더니 곧이어 목디스크 시술을 받고, 그 2년 뒤에는 누워도, 앉아도, 서 있어도 허리가 너무 아파 움직이지도 못할 정도여서 결국에는 허리디스크 수술을 받았다. 그때, '그렇게 해 줄 사람도 없지만, 누가 수천만 원짜리 해외여행을 공짜로 보내 준다 해도 이 몸으로는 절대로 갈 수가 없겠구나!'라는 생각이 들면서 건강이 제일 소중하다는 걸 느꼈다. 맞다. 건강해야 돈을 벌면서 여생을 재미있게 보낼 수가 있으며, 건강 없이는 아무것도 할 수가 없다. 여러분들도 건강의 소중함을 깨달아, 적당한 음식 섭취와 무리가 되지 않는 범위 내에서의 운동 등으로 건강관리를 잘하되, 건강에 지나치게 자만하지 않길 바란다.

인복과 인덕

'인복(다른 사람의 도움을 많이 받는 복, 출처 : 네이버)'과 같은 말로 '인덕'이 있는데, 보통 사람들은 이 말을 같은 말로 사용하고 있다. 하지만 내 생각으로는, '인덕'에는 '어진 덕'이라는 뜻이 포함되어 있기 때문에, 덕을 쌓아서 남에게 베푸는 것을 '인덕'으로, 남에게서 받는 것은 '인복'이라고 표현하는 게 좋을 것 같다.

비설거지

'비설거지'란 말이 있는데, 이는 '비가 오려고 하거나 올 때, 비에 맞으면 안 되는 물건을 치우거나 덮는 일(출처 : 네이버)'로 참으로 아름답고 정감이 가는 말이다. 한데, 설거지란 음식을 먹고 나서 그릇을 씻는 일을 말하기에 '비설거지'라는 말이 맞지 않는 것 같아 '비마중'이 어떨까 하여 같은 사이트에서 검색을 해 보니, 단순히 '비를 나가 맞이하는 일'이라고만 나와 있다. 이참에 정리해 보면, '비설거지'란 말보다는 '비맞이'라는 말을 사용하는 게 낫지 않나 하는 건 나만의 생각일까?

꼬숙이, 알나녀, 할아저씨, 할주머니

딸아이가 초경을 시작했을 때 아내의 조언으로 축하 꽃을 사주면서 뭐라고 하는 게 좋을까 생각한 끝에, "이제부터 '반 어른'이 되었으니 '꼬마숙녀'라는 말을 줄여서 '꼬숙이'라고 불러 줄게."라고 했더니 딸아이가 아주 좋아했다. 그리고, 사람들이 남을 험담하는 걸 들어 보면 정말 알면 알수록 나쁜 행동을 많이 하는 사람들이 있던데, 그런 사람들에게 '알나녀(알수록 나쁜 여자), 알나놈'이라고 하면 어떨까 하는 생각이 들었다. 또한, 예전에는 60대정도이면 '할아버지, 할머니'라고 불러야 하지만, 요즘은 그러기에는 너무 젊어 보이는 데다가 듣는 분들의 입장도 있으니 '할저씨, 할줌마'라고 하면 되겠다 싶어 네이버를 검색해 본 결과 누군가 벌써 그런 단어를 사용하는 사람이 있기에 무단 도용을 하면안 되므로, '할아저씨, 할주머니'라고 부르는 게 어떨까 싶다.

척척이

나는 아내를 '척척이'라고 부른다. 그 이유는 아내가 '척척박사'

이거나 일을 알아서 '척척' 해서가 아니라, 혼자서 잘하고 있다가도 나만 보면 힘이 없는 '척', 일을 어떻게 해야 할지 모르는 '척' 하며 내게 일을 시키기 때문이다.

욕실화와 문소리

어느 직장에서건 집에서건 어지르는 사람 따로 있고 치우는 사람 따로 있다지만, 몰라도 너무 모르는 사람들이 있다. 우리 집에서의 사례를 두 가지만 들어 보면, 첫째, 우리 집 욕실 문은 아래 끝단이 낮아 문을 열고 닫을 때 욕실화가 걸리기 때문에 욕실에서 나갈 때는 문이 여닫히는 반경 밖으로 살짝 빼놓고 나가야지, 그렇지 않으면 욕실에 들어가려고 문을 열 때 욕실화가 문 밑에 끼이거나 문 뒤로 숨어버려 신을 때 애를 먹는다. 그래서 난 항상 욕실화를 그 위치에다가 벗어 놓고 나오기 때문에 나 혼자 사용할 때는 전혀 문제가 없지만, 아내가 욕실에서 나오고 나서 내가 들어갈 때에는 상황이 달라진다. 아내는 내가 아무리 얘기해도 욕실화를 그 위치에 놓지 않을 뿐 아니라, 좋게 얘기해도 나더러 '잔소리쟁이'라고 화를 내며 되는대로 막 벗어 놓는다. 둘째, 식구들 중 누구라도 자는 사람이 있으면 그 사람이 깰까 봐 나는 문을 아주 살살 여닫고 살금살금 걸어 다니지만, 내가 잘 때 아내는 전혀 개의치 않고 문을 '확', '쾅' 여닫고 '쿵쿵' 걸어 다녀서 자다가도 깜짝깜짝 놀라서 깨어난다. 위의 사례를 종합해 볼 때 아내가 계속 그렇게 행동하는 이유는, 자기가 욕실에 들어갈 때에는 항상 신발이 정 위치에 있으니 전혀 불편할 일이 없고, 또한 자기는 잘 때 다른 사람의 문소리 등에 놀라서 깨는 일이 없기 때문이다. 아무 생각 없이 행동하는 그대들이여, 제발 주변 사람을 배려하며 사시길 바랍니다!

가재는 게 편

아내의 사무실에 불이 나 서류들이 많이 훼손되어 한동안 그걸 수습하느라 피곤하고 신경이 날카로워져서 그런 탓이었지는 몰라도, 퇴근해서 침대에 누워있는 아내더러 방금 전에 우리 집에 왔다 가신 어머니를 배웅해 드렸으면 안 됐느냐고 하자, 아내가 인상을 써가며 어머니가 그러셨냐는 등 전혀 상관없는 어머니를 들먹거리며 화를 내기 시작했다. 그래서 나도 아내에게 듣기 싫은 소리를 하다 보니 몸싸움으로까지 번져 이러면 안 될 것 같아 내가 112에 전화를 해서 우리 집에 경찰들이 출동 온 후에야 아내가 진정이 되었다. 경찰들이 가고 나서 얼마 안 되어 아내에게 연락을 받고 온 장모님이 우리 집으로 들어오시며 "에구, 내가 딸자식을 잘못 가르쳤네…" 하시기에 '아, 그래도 장모님은 내 편이시구나!'라고 생각하고 안도의 숨을 쉬었지만, 바로 뒤이어 하시는 말씀에 나는 넋이 나갈 수밖에 없었다. "사람 봐 가면서 성질을 부리라고 했어야 하는데!" 역시 가재는 게 편이 맞다.

어머니와 아내의 반대인 점

어머니와 아내가 반대인 점이 무척 많지만, 그중에서 생각나는 대표적인 것 세 가지만 읊어 볼까 한다. 첫째, 내가 허리 수술을 받고 1년 정도 지난 후 어머니 댁에 가서 청소기를 돌려드리면 허리에 무리가 가니 아무리 서서 하는 것이어도 청소기를 절대로 돌리지 말라고 화까지 내시면서 말씀하시는 데 비해, 아내는 그 정도면 다 나은 것 같으니 청소기 돌리고 밀대질까지 하라 한다. 둘째, 내가 조금이라도 어디가 안 좋아 보이면 어머니는 안쓰러운 마음으로 빨리 병원에 가라 하시지만, 아내는 "늙어서 얼마나 귀찮게 하려고? 빨리 병원 가!"라고 한다. 셋째, 어머니는 나의 건강을 위해 운동을 열심히 하라고 하시는 데 반해, 스킨십을 좋아하는 나를 귀찮게 여기는 아내는 "운동 좀 하지 마! 그리고, 차라리 술 잔뜩 마시고 와서 나 건드리지 말고 그냥 '픽' 쓰러져 자!"라고 한다.

멀다, 가깝다의 진실

특허받은 전화기를 중국에서 만들기 위해(국내에는 부품을 들여와서 조립만 할 뿐 전화기를 제조하는 곳은 없었다) 우여곡절 끝에 섭외된 조선족인 ㄱㄱㅎ씨를 중국 '선전'('심천'시) 공항에서 만났을 때의 일이다. 방송에서 보던 것처럼 공항 출구 바로 앞에서 내 이름을 적어 놓은 팻말을 들고 기다리고 있는 것을 발견하고 다가가 인사를 나누자(다행히 생각보다 한국말을 참 잘 하셨다), 운전자가 포함된 차량을 빌려 왔다며 나를 뒷자리에 타라 하고 그는 조수석에 앉은 후, 그가 미리 연락해 놓았다는 한 전화기 공장으로 출발했다. "그 공장이 먼가요?" "아니요, 멀지 않습

니다." "다행이네요." "예." 고속도로를 달린 지 약 40분 정도 지
난 후, 내가 다시 물었다. "아직 멀었나요?" "아니요, 얼마 안 남
았습니다." "예." 그 후 또 30분 정도를 계속 달리자, "멀지 않다
면서요? 아직도 한참 더 가야 하나요?" "아니요, 조금만 더 가면
됩니다." 또 그렇게 가기를 50분 정도, 합 2시간쯤을 그렇게 달
려도 똑같은 대화가 되풀이되었고, 휴게소에서 좀 쉬었다가 다
시 출발한 지 1시간 정도 지난 총 3시간쯤을 달린 후에야 그가 말
한 전화기 공장에 도착했다. 나중에 알고 보니, 그는 내가 지루할
까 봐 처음부터 얼마 안 걸린다고 한 것이 아니라, 자기의 관점에
서 그렇게 얘기한 것이었다. 즉, 우리나라는 대략 30~40분 정도
걸리면 보통이고, 1시간 이상 걸릴 때 멀다고 느끼지만, 중국 사
람들은 그 드넓은 대륙에서 자동차로 3시간 정도는 아주 가까운
거리로 느끼는 것이었다. 그때 깨달았다. 멀다·가깝다, 많다·
적다, 맛있다·맛없다, 멋있다·멋없다 등은 모두 자기의 관점,
즉, 상대적이라는 것과, 모든 것은 생각하고 마음먹기 나름이라
는 것을.

이분법적 생각

농협에 다니는 친구 희섭이가 예전에 대출 업무를 맡고 있을 때, 연체자 때문에 하도 시달려서 자기 눈에는 연체자와 비연체자만 있을 뿐이라고 했던 적이 있다. 그로부터 한참 뒤 국가에서 실시하는 자격증 중의 하나를 취득하기 위해 한동안 시립도서관을 이용할 때의 일이었다. 그곳을 청소하시는 미화원을 볼 때마다 항상 뭐라고 투덜투덜 대시면서 청소를 하시기에, 처음엔 '어차피 청소가 자기의 일인데, 왜 저렇게 남들이 듣도록 불만을 표시하며 청소를 하시는 걸까?' 하는 생각에 눈살이 찌푸려졌지만, 나중엔 그 이유를 알게 되었다. 이유인즉슨, 화장실을 이용하는 사람들의 아주 잘못된 행동 때문인데, 쓰레기를 아무 곳에나 버리는 건 물론, 화장지에 물을 적셔 화장실 벽의 위쪽이나 천장에 들러붙게 마구 던져 지저분하게 만드는 것 때문이었다. 심지어는 마치 삼투압 실험을 하는 것처럼, 큰 것(?)을 보고 난 후 물도 내리지 않은 상태에서 좌변기 옆에 매달려 있는 대형 롤 휴지를 좌변기 안까지 연결시켜 놓아, 너무 더러워서 (그나마 나는 비위가 좋아서 그 정도는 아니지만)구역질이 날 정도인 적도 있었다. 그래서 그분은 하루 종일 그렇게 구시렁거리며 청소를 하는 것이며, 그분 눈에는 화장실을 깨끗하게 이용하는 사람과 그렇지 않은 사람, 이렇게 두 부류로 보이리라. 그러고 보면, 사기꾼 눈엔 사기 대상과 사기 대상이 아닌 사람, 경찰 눈엔 잡아야 할 놈과 그렇지 않은 사람 등, 직업이나 성격에 따라 이분법적으로 생각하는 사람들이 많을 것 같다.

어디가 빠른가?

미국 괌으로 이민을 갔던 사촌 형이 오랜만에 우리나라에 왔을 때의 일이다. 우리나라와 괌의 시차에 대해 얘기를 하던 중 우리나라가 오전 08시일 때 괌은 오전 09시라는 얘기를 듣고, 내가 "그럼 우리나라가 1시간 빠른 거네?"라고 하자, 사촌 형은 "아니지 괌이 1시간 빠르지!"라고 했다. "왜? 08시가 09시보다 빠른 거잖아?" "괌은 벌써 08시였다가 이미 1시간이 지나서 09시가 된 거잖아!" "그런가?" 하고 나서, 그 자리가 파한 후에 개념 정리를 위해서 인터넷을 검색해 보니, 예를 들어, 하와이가 새벽 01시일 때 우리나라는 같은 날 오후 8시로, (우리나라는 4시간 뒤면 다음날이 되는 데 비해 하와이는 아직도 전날 새벽 05시이므

로)하와이보다 우리나라가 19시간 빠르다는 것을 이해하고 나서
야 헷갈린 게 없어졌다. 이걸 처음부터 알고 계셨던 분이나 한 번
에 알아들으신 분은 본인에게 '그것도 모르나?' 하는 분도 계시겠
지만, 그런 걸 처음 접한 나로서는 참 알쏭달쏭했었다. 인간이란
때로는 자기 기준으로 생각하게 된다는 사실을 다시금 느끼게 해
준 일이다.

재미난 이름들

재미난 이름에 대해서 생각하게 된 계기는, 아주 오래전 친구
들과 '공포의 외인구단' 영화를 보러 갔을 때 주인공의 이름(나중
에 알고 보니 별명이었다)이 '까치'여서, '성이 뭘까? 혹시 '조'씨
는 아니겠지? 만일 그렇다면 그 주인공 이름은 '조ㅇ치'가 되는
거잖아?'라는 생각이 들어 혼자 킥킥거리다가 영화가 끝나고 나
서 친구들에게 그 얘기를 했더니 다들 배꼽을 잡았다. 얘기한 대
로 그건 영화라 상관이 없지만, 앞으로 언급할 이름들은 실제 주
인공들이 있는 경우로, 어렸을 때 친구들이 놀려 트라우마를 가
지신 분들에게는 죄송하지만 너그러이 양해를 부탁드린다. '이'

씨가 직업이 기자이면 '이기자(승리하자)', '주'씨는 '주기자(죽이자)', '우'씨는 '우기자(우기다)', '남'씨는 아무리 여성이라 해도 '남'기자, 반대로 '여'씨는 아무리 남성이라 해도 '여'기자, '연'씨는 직업이 기자임에도 항상 '연기자(배우)', '양'씨가 직책이 계장이 되면 '양계장', 예쁜 이름인 '계심' 님이 '안'씨면 '안계심(계시지 않다)', '신자'님이 '배'씨이면 '배신자', 세련된 이름인 '지나'님이 '조'씨라면 '조ㅇ나(진심으로 특히 죄송합니다!)', 이름이 고급진(?) '태리'인 분이 '이'씨이면 '이태리(이탈리아)', 이름이 '봉'인 분이 '박'씨라면 아무리 월급을 많이 받아도 '박봉', 그 밖에 실제로 내가 아는 분들이나 방송을 통해 본 분들, 지나가다 간판을 보고 기억에 나는 이름들을 열거하면, '김선배, 김장철, 이진상, 이기생, 형병원, 이언년(어느 X), 사형수, 이지경, 이경우, 장돌덕(돌떡)' 등으로, 해당되는 분들께는 다시 한 번 정중히 사과를 드린다.

이율배반

어느 단지에서 근무할 때의 일이다. 어떤 세대에 누수가 발생한다는 민원이 접수되어 그 집을 방문하여 점검한 결과, 윗집의 배관 문제여서 윗집으로 올라갔더니 마침 소유자가 집에 있어 그 분에게 얘기했다. "만약에 선생님 댁에 물이 새는데, 원인이 윗 집에 있다면 윗집에서 선생님 댁의 피해를 배상해 줘야겠지요?" "당연하죠!" "죄송하지만, 그 반대의 경우가 생겼습니다. 아랫집 에 누수가 생겨 선생님이 배상해 주셔야겠습니다." "내가 왜요?" "윗집 때문에 아랫집에 피해가 발생하면 윗집이 물어줘야 한다고 방금 선생님께서도 말씀하셨잖습니까?" "근거가 뭐예요?" "민법 상 손해배상책임입니다. 예를 들어, 누군가 경사진 곳에 주차를 하며 브레이크를 채워 놓지 않아 차가 굴러가서 사고가 생기면 손해배상을 해 줘야 하듯이 이것도 그런 겁니다." "이건 그 경우 하고 다른 거잖아요?" "물건만 다르지 같은 경우입니다." "뭐가 같아요? 그건 자동차고, 이건 누수잖아요?" 등등 한참의 실랑이 끝에 겨우 설득을 하여 문제를 해결할 수 있었다. 또 다른 경우 도 있었다. 내가 어떤 민간단체의 선거위원장을 맡았을 때, 회원 200명 정도를 대상으로 전자투표를 진행해야 할 일이 있어, 나머 지 위원 4명 중 전자투표 담당자를 정해야 하는데 서로 안 하려 하여 제비뽑기를 해서 걸리는 사람이 그 업무를 담당하기로 만장 일치로 결정을 하였다. 제비뽑기 결과 어느 위원이 당첨(?)되자, "난 못 하겠다. 이건 위원장이 맘대로 결정한 것이라서 기분이 나

쁘다.” 등의 주장을 하며 사퇴를 하였다. 위의 사례 둘 다 아주 이율배반적인 행동이기에 아직도 기억이 생생하다. 어떻게 그럴 수 있는지···

법과 상식

흔히들 “이런 법이 어디 있어?”라는 표현을 자주 쓰는데, 이 말은 법은 누구나 공감하는 것이어야 한다는 것이다. 그러나 가끔은 직·간접적으로 다음과 같은 사례를 접할 때가 있다. '상식에 기초한 법이 상식에 반한다.'

크리스마스트리

겨울이 되고 크리스마스가 다가오면 전국의 거의 모든 아파트에서는 경쟁하듯이 전등과 전기부품을 활용하여 트리를 설치한다. 다른 아파트보다 더 예쁘게 보이기 위하여 형형색색의 재료를 사용하고 심지어는 비싼 돈을 들여가며 외부 업체에 설치를 의뢰

하기도 하는 등 설치를 하지 않으면 마치 무슨 죄를 짓는 것처럼 그렇게들 요란법석을 떤다. 전국의 아파트에서 크리스마스트리를 만들고 보수하는 비용과 전기료까지 따지면 아마 적어도 연간 수십억 원은 넘지 않을까 싶다. 기름 한 방울도 나지 않는 나라에서 이런 낭비가 또 있을까? 피 같은 자원과 돈이 콸콸 새고 있는 것이다. 내 개인적인 의견으로는 교회나 성당, 백화점 같은 대형 쇼핑몰과 병원을 제외하고는 설치하지 말아야 한다. 물론 처음에는 허전하고 썰렁하다고 느낄 수도 있겠지만, 조금만 지나면 그런 느낌도 사라지고, 꼭 필요하지 않은 그런 비용도 줄어들 것이다.

영광의 상처, 상처뿐인 영광

10여 년 전쯤, 나의 식구들과 처가댁 식구들을 포함하여 장모님의 남매분 식구들과 1박 2일로 여름휴가를 보낸 적이 있었다. 그곳에서 처의 외삼촌들과 함께 내가 제일 좋아하고 잘하는 구기 종목인 족구를 하며 나의 실력(?)과 끈기도 인정받고 아주 즐거운 시간을 보냈었다(밤늦게까지의 술자리만 빼고). 그날은 몰랐는데 갔다 온 다음 날부터 나의 발톱이 시퍼렇게 멍이 들기 시작하더니 빠지려는 기미가 보여 슬리퍼를 신고 덕우의 가게에 갔을 때 그걸 보더니 대뜸, "상처뿐인 영광이냐?"고 묻기에 난 그게 "영광의 상처지!"라고 했다. 똑같은 상황에서 행복과 불행인지는 생각하기 나름이듯이, 역시 똑같은 일이라도 '영광의 상처'인지 '상처뿐인 영광'인지는 본인의 마음 먹기에 달려 있음을 다시금 느끼게 된 계기이다.

모니터와 종이

한 번쯤은 경험해 보았을지 모르겠지만, 컴퓨터로 문서 작성 후 모니터상으로 검색했을 때는 오타가 하나도 없었는데 막상 종이로 출력해서 다시 검토를 해 보면 오타가 눈에 띄는 경우가 종종 있다. 정확한 건 아니겠지만 내 생각으로는, 인류가 '파피루스'라는 종이 대용품을 포함하여 약 3,000년 동안 종이류를 사용하던 것이 유전자에 내재되어 있는 상태에서, 몇십 년밖에 되지 않은 모니터에 우리 눈이 완벽히 적응되지 않아서 그런 것 같다. 참, 어렸을 때부터 스마트폰을 사용해 온 세대들은 그렇지 않을 수도 있을 듯하다.

큰불과 잔불

지인들이 어떤 일부터 해야 하는지 몰라 고민하고 있으면 난 이렇게 얘기한다. "먼저, 제일 큰일이 뭔지 파악해야 한다. 큰불을 잡고 나서 작은 불을 잡아야지, 잔불만 잡다 보면 불이 꺼지기는커녕 불만 더 번진다."

연기가 자꾸 피어오르면 불이 붙게 마련이다

'방귀가 잦으면 똥 싸기 쉽다.'는 말을 많이 들어 보았을 것이다. 이는 '무슨 일이나 소문이 잦으면 그 현상이 생기기 마련이다(출처 : 네이버).'라는 뜻인데, 난 이를 다음과 같이 좀 더 고상하게 표현하려 한다. '연기가 자꾸 피어오르면 불이 붙게 마련이다.'

인간의 마음속엔 무한대의 생각과, 무한대의 천사와 악마가 있다

직장 업무가 주로 민원을 처리하는 것이다 보니, 사람들이 요구하는 사항을 들어 보면 '어떻게 그런 생각까지 할 수 있을까?' 라는 생각이 들게 하는 때가 많다. 그리고, 간혹 TV를 보다 보면, 자기의 목숨을 걸고 타인을 구하다가 숨을 거두어 '어떻게 저런 훌륭한 일을 할 수 있을까?'라고 생각이 드는 경우도 있고, 천인 공노할 아주 흉악한 범죄를 저질러 '세상에 어떻게 인간이 저럴 수가 있을까?'라는 생각이 들게 만드는 경우도 있다. 이를 토대로 내가 내린 결론은, '인간의 마음속엔 무한대의 생각과, 무한대의 천사와 악마가 있다.'이다.

아니 땐 굴뚝에도 연기 난다

'아니 땐 굴뚝에 연기 날까?'라는 말이 있다. 아시다시피 '반드시 원인이 있어야 결과가 생긴다(출처 : 네이버).'는 뜻이다. 하지만, 요즈음 멀쩡히 살아 있는 연예인 사망 소식 등의 가짜뉴스들을 보다 보니 드는 생각이 있다. '아니 땐 굴뚝에도 연기 난다. 굴뚝 밑에 드라이아이스를 갖다 놓았을 때.'

누워서 침 뱉기

자기 배우자나 가족들, 혹은 친하게 지내는 사람들의 흉을 보면, 흔히들 '누워서 침 뱉기'라는 표현을 쓴다. 흉보는 동안은 속은 시원하겠지만 결국엔 자기 자신의 체면도 많이 깎인다는 뜻이다('네이버'에서는 '남을 해치려고 하다가 도리어 자기가 해를 입게 된다는 것을 비유적으로 이르는 말'이라고 나온다). 그런 말을 들으면 아주 어렸을 적의 일이 생각난다. 어느 더운 여름날 집에 혼자 있을 때 팬티만 입고 천장을 보며 방바닥에 누워 있다가 우연히 입에 있는 침을 '투' 하고 살짝 뱉었더니 스프레이 뿌린 것과 비슷하게 침방울들이 내 몸에 떨어지는 게 아주 시원했다. 지금 생각해 보면 비위생적이지만, 어린 마음에 그 느낌이 너무 좋아 한동안 그런 행동을 계속했었다. 누워서 침을 뱉으면, 지저분해도 시원하긴 하다.

계란으로 바위 치기

'계란으로 바위 치기'라는 말은, '불가능하고 무모해 보이며 도
저히 승산이 없는 경우(출처 : 네이버)'로, 아주 터무니없는 시도
를 하는 것이라고 할 수 있다. 그런데 내 생각은 다르다. 계란으
로 바위를 치면 바위는 안 깨지고 계란만 깨지지만, 바위를 더럽
힐 수는 있다. 굳이 깨는 것이 목적이 아니고 더럽히는 게 목적이
라면 해 볼 만하지 않을까 싶다.

운동과 문신

제대한 지 얼마 안 되어 ㄱㅅ이를 통해 알게 된 ㅇㅇ이라는 친
구와 당구를 칠 때의 일이었다. 한창 당구를 치던 도중 그 친구가
얘기했다. "너 ㅇㅇ리 산다고 했지?" "응. 왜?" "너 우리보다 한
학년 후배 ㅇㅇㅇ라고 알아?" "아니, 왜?" "그 녀석도 ㅇㅇ리 사
는데, 지 친구들 몇 명하고 같이 와서 나한테 시비를 걸기에, 내
가 네 친구라고 하니까 널 안다고, 그 형 운동하는 형이라고, 나
한테 죄송하다고 하고 가던데?" "그래? 희한하네. 난 모르는 녀

171

석들인데 날 어떻게 알았지? 아무튼 잘 됐네!" "응, 덕분에. 고마워!" 이 얘기를 하는 이유는 잘난척하려는 게 아니라, 이 글을 읽는 분들 중에 혹시 아이를 키우시는 분들이 있다면, 특히 사내아이는 태권도나 합기도, 권투 등의 체육관에 보내는 걸 권장한다. 왜냐하면, 방금 얘기한 사례를 봐도 누가 체육관에 다닌다 하면 괜히 건드렸다가 잘못하면 망신을 당할 수 있기 때문에 웬만하면 잘 안 건드리려 하는 게 인간의 심리이기 때문이다. 고등학교 다닐 때의 일이었는데, ㅁㅎ라는 친구는 마른 몸매에 얼굴이 하얘 약해 보이는 편이어서 평소에 급우들이 만만하게 보았는데, 특공무술 체육관을 다닌 지 몇 달 뒤부터는 눈빛이 매서워지고 기백도 좋아지는 등 왠지 강해 보여져서 그 이후부터는 친구들이 ㅁㅎ를 만만하게 보지 않게 되었다. 그리고 동물로 예를 들면, 'TV 동물농장' 프로그램에서, 날개가 다쳐 구조된 매(맹금류)와 다른 새들을 여건상 한 공간에 놔두었는데, 매의 날개가 성하지 않아 다소 의기소침해져 있으니 다른 새들이 그 매를 전혀 두려워하지 않을 뿐 아니라 오히려 그 매의 먹이를 뺏어 먹고 덤비기조차 했다. 그 뒤 조련사가 매의 다친 부분에 사람의 의족처럼 날개 보호대를 장착해 주고 영양분을 충분히 주어 건강 상태를 좋게 해 주니 다른 새들이 덤비지 못하게 되었다. 또한, 사자들 무리에서는 갈기의 색이 어둡고 풍성해 보이는 수사자들이 더 강해 보여 웬만해서는 다른 사자들이 덤비지 못한다 한다. 이를 인간 사회에 적용해 보면, 일반적인 사람들은 어깨나 팔의 일부에 조그맣게 문신을 한 것에 대해서는 별로 신경을 쓰지 않으나, 조폭 세계에서 표현하는 대로 긴팔·긴바지로 끊은(전신 문신을 한다는 뜻) 사람들을 보면 피하는 이치와 같다. 한편으로는, 자신이 없거나 실력(?)이 없으니 남들보다 강해 보이기 위해 전신 문신을 하는 것 아니냐는 의견이 많다는 건 사실이다. 본론으로 돌아와서, 그렇다고 아이들에게 문신을 시키라는 것이 아니라, 건강 등의 여러 측면에서 운동을 가르치는 것이 좋다는 걸 말하고 싶은 것이다.

부등호의 법칙

학창 시절 수학 시간에 부등호(<, >)를 배웠을 것이다. 예를 들어 2>1은 당연히 2가 1보다 크다는 뜻인데, 나이가 들다 보니 우리 인간들 행동에도 그런 원칙이 적용되는 게 많이 보인다. 바로 어떤 일이나 문제 중에서 더 큰 의미를 부여하는 쪽을 선택하는 것이다. 예를 들어 '졸려도 참고 일을 마저 끝내고 자는 게 나을까?', 아님 '일단 지금 자고 일찍 일어나서 일을 끝내는 게 나을까?'로 고민하다가 둘 중 '2'라고 생각되는 쪽으로 움직이는 것이며, 마찬가지로, 어느 상점에 들어갔더니 마침 주인이 잠시 자리를 비웠을 때, '훔쳐 갈까?', '훔치지 말자!' 중 더 큰 의미를 부여하는 걸 '2'로 선택을 하는 것이다(그럴 때 만일 '훔쳐 갈까?'를 '2'로 선택하면 바로 범죄자가 되는 것이다). 우스운 예로는, 배우자 중 부부관계를 원하는 쪽과 원하지 않는 쪽이 있는데, 관계를 선택하는 쪽은, 씻는 게 귀찮고 잠자는 시간이 그만큼 줄어드는 것('1')보다 관계를 하는 즐거움('2')이 더 크니 '2'를 선택하는 것이고, 관계하지 않는 것을 선택하는 쪽은 관계를 하는 것('1')보다 씻는 게 귀찮고 잠자는 시간도 그만큼 줄어들어 싫다('2')에 더 비중을 두니 '2'를 선택하는 것이다. 물론 어떤 경우, 1≒1, 2≒2처럼 비슷하다면 선택을 하는 데 더 오랜 시간이 소요된다. 참 재미있는 현상이다.

7080

난 노래방에 가더라도 친구들 1~2명과 우리끼리 노래하며 노는 것은 좋아하지만, 많은 인원이 우르르 몰려가거나 도우미와 같이 노는 것은 진정 좋아하지 않는다(도우미분들에게는 죄송합니다). 하지만, 친한 친구 중의 한 명인 희섭이는 아주 오래전인 대학 시절에 아르바이트로 레스토랑에서 기타를 치며 '생음악'으로 노래를 부르던 경험이 많아서 그런지 요즘 유행하는 소위 '7080' 노래방을 좋아한다. 몇 달에 한 번 정도 만나 저녁을 먹곤 하는데, 그 친구가 관객(?)들 앞에서 노래하는 것을 즐겨서인지 식사 후 '7080'에 가자고 하는 것을 연거푸 거절했지만 계속 그러기도 미안하여 세 번 같이 가 준 적이 있었다(지금은 그 친구도 그곳을 가지 않는다 한다). 마지막 세 번째 갔을 때였다. 희섭이가 그의 선배 한 명을 불러 세 명이 자리에 앉아 맥주를 마시고 있는데, 무대에서 춤을 추고 있던 중년의 여성 4명 중 1명이 양손 집게손가락으로 내 쪽을 가리키며 빤히 쳐다보는 것이었다. 그 모습을 보고 희섭이가, "너 찍은 것 같은데?"라고 하기에, "그럴리가 있냐? 나보고 그런 것 아니겠지."라고 이야기하고 있는데, 잠시 후 나의 왼쪽 어깨죽지에 '짝' 하는 소리와 함께 통증이 느껴져 '누구지?' 하며 쳐다보니 방금 그 여성이 "내가 찍었는데 왜 안 나와요? 질척거리지 않을 테니 같이 놀아요." 하는 것이었다. 하지만, 난 그분과 놀지 않고 자리에 조금 더 앉아 있다가 먼저 집으로 왔다. 내가 나이트클럽을 싫어하는 이유 중 하나가 대학 시절 그곳에 몇 번 가 보았을 때, 다른 테이블들에서는 '부킹'이 잘도 되던데 우리 테이블에서는 한 번도 성사(?)되지 않은 안 좋은 기억(?) 때문인데, 내가 중년의 나이가 돼서 반대로 모르는 사람에게 '부킹'을 당한 것이다. 기분이 좋을 줄 알았는데, 그런 건 전혀 없고 왠지 무서운 느낌이 들었다. 나 같은 남자도 그런 느낌이 드는데 '부킹'을 당하는 여성분들은 얼마나 무서울까 하는 생각이 드는 게, 역시 사람은 그 입장이 돼 봐야 한다는 걸 또 한 번 느낄 수 있었다.

누군가를 도와주기 전에

내가 20대 때 양쪽 무릎 수술을 받고 마취에서 깨어나니, 마치 줄다리기용 밧줄로 무릎뼈를 감싸 놓고 양쪽에서 당기는 것 같은 극심한 통증이 느껴졌다. 앞에서 언급한 대로 그나마 그런 고통스러운 와중에도 밥을 먹을 때만 빼고는 일주일간 잠만 잤고, 그러다 보니 어느 정도 통증이 줄어들어 그나마 살 만했다. 그때 느꼈다. 잠을 잘 자는 것도 행복이라고. 암튼 양쪽 다리에 반깁스를 하고 있음에도 불구하고 슬슬 담배가 피우고 싶어 생전 처음 타보는 휠체어에 몸을 맡기고 양손으로 바퀴를 굴려 가며 밖으로 나갔더니, 흡연 구역은 자갈밭을 지나가야 했다. 엄두가 나지 않았지만 그래도 담배를 피우려는 열정(?) 하나로 자갈밭에 들어가자마자 오도 가도 못 하던 중에 누군가 아무 말도 없이 나의 휠체어를 밀어 주는데, 감사할 일이었지만 이상하게 기분이 나빴다. "됐어요. 그냥 놔두세요."라고 퉁명스럽게 말이 나가자, 그분은 "알겠습니다." 하고 가 버렸고, 난 한참을 고생하다가 간신히 흡연실에 도착하여 담배를 연거푸 피워 댄 뒤 다시 힘들게 병실로 돌아왔다. '그냥, "감사합니다!"라고 하고 도움의 손길을 받을 걸 괜히 거절했네. 그놈의 자존심이 뭐라고…'라고 하면서 얼마나 후회를 했는지 모른다. 그런 경험이 있던 상태에서 최근 방송을 보니, 누군가를 도와줄 때에는 먼저 "도와드릴까요?" 하고 상대방의 의사를 물어본 후, 상대방이 동의를 하면 비로소 도와주라는 말이 완전히 공감된다. 여러분들도 누군가를 도와주려 할 때에는 도움이 필요한지의 여부를 꼭 미리 물어봐 주시기 바란다.

빛은 어둠을 밝히지만 먹구름은 태양을 가린다

'비 온 뒤에 해가 뜬다(힘든 일이 지나고 나면 좋은 일이 생긴
다).'라는 말이 있고, '어둠 속에서 몸부림치는 것보다 작은 촛불
하나를 켜는 게 낫다.'라는 말도 있다. 장인어른 상을 치르고 나
서 며칠 후 장모님을 모시고 우리 식구와 태안으로 바람을 쐬러
갈 때, 차창 밖 먹구름이 태양을 가리는 것을 보고는 (내가 비관
론자는 아니고 낙관론자이지만) 문득 이런 생각이 들었다. '빛은
어둠을 밝히지만 먹구름은 태양을 가린다.' 물론 먹구름이 사라
지면 태양은 다시 나타난다.

공든 탑도 무너진다

어려서부터 엄한 아버지 밑에서 자라 아버지와 눈만 마주쳐도
무서움을 탔던 까닭에, 난 결혼해서 아이를 키우면 친구 같은 아
빠가 되리라 마음먹고 실제로 내 모든 최선을 다해서 아이들을
정성껏 키웠다. 사랑으로 따뜻이 대하고, 틈만 나면 농담을 하고
안아 주고, 자신감을 키워 주려 노력하여 주변 사람들로부터 나

같은 아빠가 없다는 얘기를 아주 많이 들었다. 특히 아들과는 한 달에 1~3번 정도 영화를 같이 보고, 수능이 끝나고 운전면허를 취득했을 때에는 화를 전혀 내지 않고 친절히 운전도 가르쳐 주며 다소 먼 거리도 드라이브하러 많이 다녔다. 계속 함께하며 친구 같은 아빠가 되면 아무 문제 없이 잘 살 것이라 생각했지만, 내 생각이나 바람보다는 그렇지 못한 면이 있다. 역시 자식 농사는 힘든 것이고, 공든 탑도 무너질 수 있다는 걸 깨닫게 되었다.

십일조

십일조란, 하느님에 대한 감사를 드리고 교회를 지원할 목적으로 납부하는 통상 수입의 10분의 1을 가리킨다(출처 : 네이버). 종교를 비난하려는 것이 절대 아니고, 당연히 종교가 유지되려면 이는 꼭 필요한 일임은 충분히 인정하지만, 그 전에 꼭 묻고 싶다. 이제는 노인이 되신, 자기를 길러주신 부모님에게도 십일조를 드리는지를. 만일 부모님은 신경 쓰지 않고 교회에만 십일조를 내는 분들은, 교회와 부모님께 적어도 반반씩 나눠 드리면 어떨지 생각을 해 봤으면 한다.

효도란?

한겨울에 어느 노모가 자식의 차가운 이불속에 자꾸 들어가시기에 행여 병에 걸리실까 봐 아들이 그러시지 말라 하자, 노모는 자식들이 따뜻하게 누울 수 있도록 미리 덥혀놓는 게 행복이라고 하시며 "내가 좋아서 하는 것을 말리지 말아라. 그게 바로 효도다."라고 하셨다는 말이 있다. 그렇듯이 효도란 부모님이 원하시는 대로 해드리는 것이며, 굳이 사회적으로 존경받는 직업을 가지지 못해도 성실히 살고, 앞에서 언급한 것처럼 부모님께 십일조와 함께 자주 전화 드리고 방문도 해드려서 행복을 느끼시게 해 드리는 것이 진정한 효도라고 생각한다.

세상은 아는 만큼 보인다

어떤 사물이나 장소(가게)가 평상시에는 보이지 않다가 어느 순간 갑자기 눈에 확 띄면서 '아, 이게 여기 있었네? 왜 그전엔 안 보였을까?'라고 느낄 때가 있다. 이 얘기를 왜 하냐 하면, 내가 알던 어떤 사람에게 취미가 뭐냐고 물어보았더니 주말에 등산

하면서 산삼 등의 약초를 캐는 것이라 하기에, "등산을 해서 건강에도 좋고, 약초 캐서 돈도 버니, 물론 먹을 수도 있지만, 그것 참 '일석이조'의 아주 좋은 취미네요."라고 얘기한 적이 있다. 한편으로 드는 생각은, 그런 사람들이 있는 반면에, 나 같은 사람은 산삼이 정확히 어떻게 생겼는지 모르기 때문에 산에 갔을 때 산삼이 앞에 있어도 발로 뭉개고 지나가서 수천만 원을 벌 수 있는 기회가 와도 그냥 날려 버리니 참으로 안타까운 일이다. 모르는 게 약이라는 말도 있지만, 그건 전혀 다른 경우이고, 말 그대로 아는 것이 힘, 돈이리라. 여러분들에게 하고 싶은 말은, 세상은 아는 만큼 보이는 것이니 좋은 경험을 많이 하기 위해 열심히 노력하고, 직접 경험에는 한계가 있으므로 책을 통해 식견을 넓히고 지혜도 쌓길 바란다.

주인공이 되어라

우리 인생에서 우리가 주인공이 되어야 하는 이유를 다섯 가지 정도 들어 보겠다. 첫째, 어느 편에 서 있느냐에 따라 인물이나 국가의 평가가 달라진다. 예를 들어 우리나라는 안중근 님을 '의

사(의로운 지사), 영웅'으로 표현하지만, 일본에서는 '테러리스트'라 한다고 한다. 또한 미국은 자신들은 다량의 핵무기를 보유하고 있으면서도, 북한이나 쿠바, 이란 등이 핵무기를 보유하는 것은 절대로 안 된다(속칭 '내로남불'이다)고 하며, 국민학교 때 떠든 사람 이름을 칠판에 적어 놓는 것처럼 전 세계적인 방송을 통해 이란에 대한 무역 제재 동참 국가를 일일이 호명하며 다른 나라도 거기에 동참하라고 협박을 한다. 둘째, 똑같은 농담을 해도 누가 하느냐에 따라 반응이 다르다. 만일 친구나 후배가 전에 들은 적이 있는 농담을 하면 "그거 알아."라고 하지만, 상사가 똑같은 농담을 한다면 이미 알고 있고 재미가 없는 농담이어도 재미있는 표정을 지으며 박장대소를 해줘야 한다. 셋째, 불법이나 부당한 행위를 하지 않는 한, 인성 여부와는 별 상관없이(?) 성공한 자에게는 늘 사람들이 따른다. 넷째, 이상할 정도로 아주 당연한 말을 해도 누가 하느냐에 따라 달라진다. 성철 스님이 말씀하신 '산은 산이요 물은 물이로다.'는 있는 그대로를 보고 자연의 순리대로 살라는 뜻인 것으로 짐작이 되는데, 만일 일반인이 그렇게 말했다면, '저놈 미친 거 아냐? 저런 당연한 소리를 아무렇지도 않게 하네?'라고 하겠지만, 흔히 말하는 사회적인 힘이 있거나 유명한 분들의 말은 너무 당연해도 명언이 된다. 다섯째, 동물의 왕국을 보면 주인공이 누구냐에 따라 기쁨과 슬픔이 달라진다. 예를 들어 얼룩말이 주인공이면 사자가 사냥을 할 때 새끼 얼룩말이 사자에게 잡아먹히지 않기를 바라다가 행여 잡아먹히면 아주 불쌍하다는 생각이 들지만, 반대로 사자가 주인공이면 계속 사냥에 실패하여 굶어 죽을 것 같을 때에는 안쓰럽다가, 사냥에 성공하면 잡아먹히는 새끼 얼룩말의 불쌍함은 잊어버린 채 '드디어 사냥에 성공했다!'라는 안도감과 함께 환호가 나오기도 한다. 그 외에도, 줄기세포 이식 수술·유전자 치료 등의 현대의학이나 웨어러블 로봇, 하늘을 나는 자동차 등 영화에나 나올 법한 경이로운 현대과학의 혜택 등도 누려야 하지 않겠는가? 우리의 미래는 바로 당신 자신이다. 현실에 맞게 목표를 설정한 후 끊임없이 노력하여, 어떠한 일에서건 간에 자기가 맡은 분야에서 1인자가 되어 인생이라는 드라마에서 반드시 주인공이 되기를 진정으로 기원하며 끝을 맺는다.

세월소리

ⓒ 이 강, 2026

초판 1쇄 발행 2026년 2월 6일

지은이   이 강
펴낸이   이기봉
편집   좋은땅 편집팀
펴낸곳   도서출판 좋은땅
주소   서울특별시 마포구 양화로12길 26 지월드빌딩 (서교동 395-7)
전화   02)374-8616~7
팩스   02)374-8614
이메일   gworldbook@naver.com
홈페이지   www.g-world.co.kr

ISBN   979-11-388-5338-5 (03810)